尚金格 \ 主编
五彩非洲译丛

童年

〔安哥拉〕雅辛多·德·莱莫斯 著

尚金格 译

山西出版传媒集团
北岳文艺出版社
BEIYUE LITERATURE & ART PUBLISHING HOUSE

图书在版编目（CIP）数据

童年 /（安哥拉）雅辛多·德·莱莫斯著；尚金格
译. — 太原：北岳文艺出版社，2018.6
（五彩非洲译丛 / 尚金格主编）
ISBN 978-7-5378-5590-7

Ⅰ. ①童… Ⅱ. ①雅… ②尚… Ⅲ. ①长篇小说－安
哥拉－现代 Ⅳ. ①I474.45

中国版本图书馆CIP数据核字(2018)第038462号

书　　名	童年	
著　　者	（安哥拉）雅辛多·德·莱莫斯	
译　　者	尚金格	
责任编辑	谢　放	
装帧设计	李中果　刘晓丽	
出版发行	山西出版传媒集团·北岳文艺出版社	
地　　址	山西省太原市并州南路57号	
邮　　编	030012	
电　　话	0351-5628696（发行部）	
	0351-5628688（总编室）	
传　　真	0351-5628680	
网　　址	http://www.bywy.com	
邮　　箱	bywycbs@163.com	
承 印 者	山西出版传媒集团·山西人民印刷有限责任公司	
开　　本	880mm×1230mm　1/32	
字　　数	150千字	
印　　张	7	
版　　次	2018年6月第1版	
印　　次	2018年6月山西第1次印刷	
书　　号	ISBN 978-7-5378-5590-7	
定　　价	35.00元	

上 篇

有名气的鱼贩子——泽法

童 年

啊，飞速流逝的时光！啊，我逝去的童年！

　　我记忆中的童年总是充满笑声和欢乐。村子里的女孩子们手中拿着小瓶子在沙地上翩翩起舞，她们转着圈跳起民间的桑巴舞；小孩子们累的时候总是跳过围墙，爬上邻居家的高高的杧果树和无花果树偷摘美味果子吃。我们还喜欢围坐在顺布拉老太太和希基蒂尼奥老爷爷身边听他们讲神话故事。

　　这是我的生活，也是我们的生活；这是我的童年，也是我们的童年。它离我们远去后，就再也没有回来。

　　我想起了童年时候的咸猪肉干，那个时候咸肉干只能在蒂拉－波尼亚的小店里买到。我记得那个时候，爱德华大妈总在村子的沙地上摔倒，那里还有很多来来往往的行人，人们走在高低不平像用犁犁过似的土路上。我们这些小孩子们在那里嬉笑打闹。我们找来一些玻璃瓶子，然后，将瓶子按小汽车形状串起来用绳子拉着它们满村子跑，而那些土路上满是浑浊的泥浆。

有时候，我们还找机会去弄一些饮料和一些空瓶子。当空中有飞机飞过的时候，我们都会跟着大喊大叫，并朝着飞机远去的方向跑去。很多人跳的松巴舞很优美，比如：罗唐、拉莱、伦比尼亚、安娜·巴亚、明基塔、卡迪曼祖等。他们有时还教我们这些小孩学习仰泳。

啊，我的童年！我的童年……

如果你问我，这个世界上的什么东西不能等待我们的步伐，估计它就是时间。时间总是在流逝，它曾经来过却又流向远方。我们永远不能再与它重逢。它是美好的，又是残酷的，它一直留在人们的心中。我们每个人都有属于自己的记忆，那最初的记忆便是关于我们童年的。

今天，我在这里讲述属于我自己的童年故事，这个故事也属于我的朋友雅内罗以及卡尔瓦里奥的妹妹泽法女士。让我们一起回到过去的那个时代吧……

一

　　卡尔瓦里奥是我们村子里有名的老好人。他在村子里颇受人尊重，同时，他也非常尊重其他人。他把别人的父亲当作自己的父亲对待，把别人的母亲当作自己的母亲对待，把别人的叔叔当作自己的叔叔对待，把别人的兄弟姐妹当成自己的兄弟姐妹相待。他像是所有人的亲人一样。当然，我并不是说他本来就是一个天大的好人，也不是说他一出生便是一个好人胚子。事实上并不是这样。因为，在他还是个小伙子的时候，他是一个不折不扣的小混混，一个彻彻底底爱打架的小流氓。他的腿就是在那个时候被人打残了。那时，他总是被人殴打得遍体鳞伤，甚至有时候晕厥了过去。但是后来，他担起了生活的担子；担子越来越重，而他整个人也发生了翻天覆地的改变。现在，不管他走到哪里，都能得到大家的认可。

在调皮的小孩子眼中和那些戴有色眼镜的大人眼中，卡尔瓦里奥就像是一头一瘸一拐的毛驴。当他们看见他在村子的大街小巷中行走的时候，就会看着他大喊大叫：

"抬起你的瘸腿走路啊，老毛驴！"

不过，好脾气的卡尔瓦里奥一般都不愠不恼，从来不理会他们，也从不停下自己的脚步。

有些大人如果看见自己的孩子在嘲笑卡尔瓦里奥，会赶紧上前制止他们这无知的行为。有时候家长们还会用自己的巴掌吓唬调皮的孩子们。卡尔瓦里奥的妻子则对他说："你不能总是溺爱这些孩子，你应该对他们进行教育，让他们懂得尊老爱幼，不然，以后这些孩子肯定会出问题。教育孩子最好的时间就是在启蒙阶段。"

卡尔瓦里奥的女儿在一所商业学校学习，同样，她也提醒自己的父亲一定要教育那些淘气的孩子。

卡尔瓦里奥的妹妹是一个鱼贩子，也是一个有名的大嘴婆。有一次，她看见一些孩子大叫着嘲笑自己的哥哥，她就跑到孩子们的家里对他们的父母大骂一通。她说，你们这些人生下孩子怎么不知道教育，让他们在外面胡作非为。但是，卡尔瓦里奥却跑过来劝阻自己的妹妹，并说他们还都是孩子，不要和他们计较。

小孩子们非常喜欢和卡尔瓦里奥在一起，他们总是围绕在老头的身旁。有时候，爬在他的肩上；有时候，趁他不注意打他的腰一下。总之，孩子们非常信任他并且喜欢和他在一起玩。

卡尔瓦里奥的名字叫得很响亮，他的名字不单单在我们村子里知名度高，而且在其他村子里也有很多人知道。比如，在卡普图村、兰热村、新土地村、高尔夫村、羚羊村、人民村、卡伦巴村、卡增热村、爱丽丝村、马尔萨雷村、赞古村、卡特特村。甚至有一阵子，他的名气还传到市中心的村子里，比如普伦达村、桑巴村、因孔博塔村、卡坦博路村、马库卢苏村。

当然，也有一些人不是很喜欢卡尔瓦里奥的个性和为人。

无论哪里，总有些爱生事端的人。在圣保罗村，有一个小痞子，他的名字叫雅内罗。我已经不记得他干过多少坏事了，但我还记得卡尔瓦里奥是雅内罗的教父。

卡尔瓦里奥从小巷子里经过的时候，雅内罗经常冲着他说：

"抬起你的瘸腿走路啊，老毛驴！"

雅内罗轻的时候，总是喜欢从后面打自己教父的屁股。

一次，卡尔瓦里奥被他的举动吓了一跳，他还以为是有小汽车慢慢从他身边经过。但是，当他前后左右查看的时候，却发现自己后面站着一个小伙子。

"妈的，你这小痞子怎么还打我屁股，你还是小孩吗？"他急忙放下手中的半瓶酷卡牌子的啤酒，开始追赶雅内罗。小伙子雅内罗拔腿就跑。雅内罗像和小孩子戏耍一样和自己的教父在那里你追我赶的前后追逐。跑来跑去，卡尔瓦里奥总是追不上他，这个时候小伙子则看着他大喊道："呜呜啦啦！"

与雅内罗一起玩的孩子们，也在一旁给他加油助威，一起在那里大喊大叫："呜啦啦，呜啦啦！"

小伙子发现甩不掉老头子，于是，他变换了逃跑战术。他开始使用转圈跑的方法，以便让老头子感觉到劳累。当老头子快要抓住他的时候，他便使用非常危险的动作逃跑，他们两个人就像是在玩"丢手绢"的游戏。老头子卡尔瓦里奥突然听见自己裤腿开线的声音，接着，他被自己的裤子绊倒在地。幸好他反应及时，马上用双手支撑住地面，避免自己摔一个狗吃屎。小孩子们则在那里聚精会神地看着眼前的两个人，并且口中时不时大叫着："噢噢噢，丢手绢! 噢噢噢，丢手绢!"

这时，有些人从他们俩的身边经过，一些人给老头卡尔瓦里奥加油打气，还有一些人看着他们俩呵呵笑。许是老头子心里特别生气，因为他奔跑的速度在明显加快。他差一点就抓住小伙子雅内罗了，可是，小伙子一溜烟跑进了前面的一条小胡同里。老头子也迅速往前追，正当他跑进胡同的时候，从胡同里面走来一个头顶木薯袋子的中年妇女，这个妇女是隔壁村庄的。

因为卡尔瓦里奥心里非常生气，所以他非想抓住可恶的小青年。可是，在他跑进胡同里时正看见那个头顶着木薯块的中年妇女在他的面前慢慢悠悠地走着。老头子卡尔瓦里奥大声喊叫，期望她听到后可以躲远一点，以免撞上。但是，中年妇女依旧慢腾腾地走在胡同里，好像听不明白他大叫什么。实际上，这个妇女一直在担心自己的小买卖，这些天她的生意一直不是很好，所以现在她买了一袋子木薯块想拿到市场上去卖。她心想，即便不能全部卖掉，也要卖掉一半，另外一半可以放到第二天再去市场售卖。她还在心中说："哦，圣母玛利亚! 我的孩子们现在还嗷嗷待哺，我怎么能停下工作的脚步啊。以前，孩子父亲在世的时候，他们都过着无忧无虑的生活。可是，他们已经失去了父亲，我失去了自己的丈夫。如果我现在不去努力工作售卖商品，我给自己的孩子吃什么啊? 我给孩子们穿什么啊? 我的上帝啊! 如果我的丈夫马特乌斯没有死，我的孩子该多幸福。现在我的丈夫、孩子们的父亲去世了，我们孤儿寡母遭受了多少的困难和折磨。我一定要为孩子们努力工作。"中年妇女心里一直想着自己困难的生活，根本没有理会卡尔瓦里奥的提醒，导致两个人瞬间撞在一起。妇女被飞奔的老头子撞翻在地，心里十分生气。她捡起被撞翻在地的铝盆子扔向老头子。卡尔瓦里奥看见飞来的盆子紧忙抽身一躲，躲开了飞来的盆子，盆子一下子撞在院墙上发出丁零当啷的声音。

老头子卡尔瓦里奥赶紧起身哀求说："对不起，大妹子。您别这么激动啊。"

"你这个臭狗屎，你撞翻了我的木薯块，我要打破你的头！"

"大妹子！尊敬的夫人！求求您，您先别这么激动，我给您讲到底是怎么回事。我刚刚在追一个小痞子，他实在跑得太快了。"

但是，中年妇女却根本没有理会他的话，情绪仍然非常激动。她又捡起地上的铝盆向卡尔瓦里奥的头上扔去。老头子身手矫健，又一次躲了过去，盆子又一次撞在院墙上发出一声巨响。这个中年妇女来自兰热村，她的动作也十分敏捷——又再一次捡起了盆子。这时，卡尔瓦里奥还在地上蹲坐着，请求这个妇女平静下来。而她则拿着盆子狠狠地击打了一下他的脸。看样子，打架的场景又要在那条胡同口上演了。

"我今天一定要把你的猪脸给打肿，你这个老混蛋。快把你的手给我拿到前面来。"中年妇女激动地说。

"大妹子，你别激动啊，你听我把经过和你说清楚啊！你不让我解释清楚，大家都会误会我啊！"卡尔瓦里奥从地上站起来说。

但是，这位中年妇女却没有停手，一直用盆子底部拍打老头子卡尔瓦里奥。

"大妹子，你想报仇解恨的话，也别这样子打我啊。你听我说说事情的经过，我向你发誓，我绝对不是故意撞倒你的。你在我的心里就像是我自己的妹子一样，我怎么会故意作弄你呢？我可不是那些无聊的人啊。你听我说说事情的缘由吧。我刚才在追一个小年轻啊，就在刚刚……"

"你想说什么，我没有兴趣听！"中年妇女打断他的话，不过，情绪却平静了很多。

"你听我解释一下就清楚事情的来龙去脉了，你一直坚持不听我的话，你让我怎么办嘛！"

"老头子，你没有必要跟我解释太多，现在把你撞坏的我的东西全部赔钱给我，咱们所有的事情就算结束了。我不想在这里听你絮叨。如果你不赔钱，咱们走着瞧啊。你要知道，我可不是胆小如鼠的女流之辈，我什么事情都干得出来。不赔钱，我把你大卸八块。"

"大妹子，你看看，你的木薯块完好无损啊，为什么让我赔钱啊？"老头子卡尔瓦里奥解释说。

"睁大你的眼睛看看摔在地上的木薯块！你是肇事者，我是该事件的受害者。"

"是啊，我知道你的木薯块掉在地上了，可是，装木薯的编织袋并没有破啊，它只是掉在地上而已。"

"啊！所以，你觉得自己什么都没有做错，是吗？"

"我并不是这个意思，我只是说……"

"如果你觉得你自己没有错误的话，你过来看看我的木薯块。刚刚你这头蠢驴到底做了多少混账事！"

"大妹子，我并不是这个意思啊！"

"你快去看啊！"中年妇女威胁卡尔瓦里奥。

"大妹子，你先听我说，行吗？我可以赔偿你的损失，我可以付钱。但是，我要把事情给你说清楚啊！"

中年妇女立即打断他的话："我什么都不想听！"

"大妹子，你等一下，听我说一句话，行吗？"

"你不要说，我什么都不想听！"

"你现在听我说啊，事情是这样的……"

"你别说，我不想听你说话！"

这时候老头卡尔瓦里奥也失去了耐心，不快地说："哎呀，你这是要冤死我啊！"

"我现在就走，不听你在这里臭贫嘴。"

"那你就走吧，我才不惧怕你的淫威。"

"我现在就走，还要把这些木薯块全部拿到你家里。"

"你是想讹诈我吗？"老头问道。

"我可没有讹诈你的意思，这都是你自己造的孽。这是为了让你记住这次的教训，教会你在大马路上怎么尊重别人。"

"大妹子，你不听别人的话算是有礼貌吗？你一直在这里骂骂咧咧的，你算是有礼貌的人吗？这么做很粗鲁。别在这里装受害者了。"

中年妇女听卡尔瓦里奥说她没有礼貌，并且还是个非常粗鲁的人后，她放下了手中的盆子，上前几步抓住老头的衣领说：

"你说我粗鲁吗？你跟我说说我到底哪里粗鲁了？我哪里粗鲁？你为什么说我粗鲁啊？我哪里像你说的粗鲁？老头，你跟我很熟吗？为什么说我是个粗鲁的女人啊？"

她开始咆哮着拉扯老头的衣领，还说："你跟我说说啊！你了解我多少啊？你竟然在这里说我是一个粗鲁的女人啊！"

老头被眼前的一幕惊呆了，只能看看过往的人们，又看看这个中年女人。

"大妹子，我没有说你是个粗鲁的女人，可能，是你听错我的话啦。"

"我没有听错你的话，我听得清清楚楚，你就是在说我是一个粗鲁的女人。我可不是聋子，听得清清楚楚。你想在这里耍我玩吗？老头，你找错人了。"一边说着，这个女人一边一直使劲拉扯着老头的衣领。卡尔瓦里奥老头像一个提线木偶般被她拽来拽去。老头看着这个女人心里也十分生气，便大声说道："大妹子，你先松开我的衣领！你这样会把我的衬衫撕破啊。"

中年妇女大声说："我不松手，我一松手你就逃跑了。"

"我绝对不逃跑，求求你松开我的衣领，放开我的衬衫吧。"

可中年妇女太固执了。

"我的天，你快给我松手！大妹子，你快放开我的衣服，松手吧！"

中年妇女依旧无动于衷，两只手一直死死地抓着老头的衣领。她向在场所有的人展示着作为女汉子的一面。在一旁观看的人们都在那里呵呵大笑，有些人乐得流出了眼泪。

旁边一个围观的人高声说："你看看，这个大兄弟！被一个女人死死地抓住衣领走不成了。今天，老头是怎么回事啊？我从来没有见过他像今天这样老实听话！"

众人在议论的时候，老头还一直被中年妇女拽来拽去。

此时，老头有些不耐烦地说："大妹子，你没有听见他们是怎么说的吗？你快松手啊，妈的，你快松手！"

妇女无动于衷。

"我告诉你，你快松手啊！！"老头想要摆脱她的纠缠，便使出全身力气推搡中年妇女，把她推到了街边的围墙旁。

"哦哦哦哦哦！"旁边围观的人们看到妇女还一直抓着老头的衣领便高声欢呼起来。

"大嘴婆妹子，快打啊！上去死死地抓住他，千万别让他逃跑啦！"一旁的人群吵嚷着说。他们在一旁给中年妇女鼓劲，怂恿她和老头子打一架。

卡尔瓦里奥看到围观的人都在起哄，便用了个猛力挣脱了女人，撒腿跑进了一户人家，然后又跑到另外一条马路上去了。

二

时间慢慢过去了，卡尔瓦里奥老头也很少在大街上遛弯了。村子里的小伙子们也觉得那件事情已经过去了，老头已经不会再责怪他们了。但是事实上，老头并没有忘记小伙子们的错误行径。时间一点点地流失，小伙子们依旧像以前一样调皮，没有任何的改变。他们像小偷一样总是突然出现在卡尔瓦里奥的身后，然后重重地打他的屁股，然后一溜烟地逃跑。晚上，这些坏家伙们手里拿着灯具还到别人家里盗窃一些财物。

由于卡尔瓦里奥老头的视力并不是很好，他是一个老花眼；所以，他成了小伙子们糊弄的对象。一次，雅内罗悄悄地跟在卡尔瓦里奥的身后猛地敲打了一下老头的肩膀，然后立即跑到老头的另一边去，吓得老头魂不附体。最后，卡尔瓦里奥发现是雅内罗走在他身后便想要抓住他。可是，毕竟年轻人的速度快。他看见卡尔瓦里奥在后面追拔腿就跑，还对着老头大声叫喊："抬起你的双脚。"老头只好假装漫不经心，却暗地里悄悄地挪动着自己的脚。

"雅内罗，快跑！小心你后面的老头！"一旁的小伙子大叫起来。雅内罗立即又像兔子一样在老头的前面上蹿下跳地逃跑了。老头一直追不上年轻的小伙子；但是，他却在小伙子的身后拼命去追，逐渐地，他们之间的距离缩小了。

"哦哦哦哦哦！加油！！"一旁的小孩子们一直在给逃跑的雅内罗加油助威。

小伙子雅内罗身子非常瘦，显得很单薄；但是，他的眼睛却显得很深邃。他跑起步来飞快，特别是在下坡的地段，他就像猴崽一样，身手非常灵敏。

又有一天，雅内罗和卡尔瓦里奥两个人冤家路窄，他们在那条熟悉的胡同里相遇了。这次，"厄运"降临到雅内罗的身上。因为，村子里刚好有一个教会的长老团在那里开会；所以，身手矫健的雅内罗不能在那里施展身手。他不能随心所欲地在人群中穿梭；最终，他被卡尔瓦里奥老头抓获了。

卡尔瓦里奥在雅内罗的身后气喘吁吁地追赶，跟着小伙子绕了几个大圈后，把他生擒活捉了。他抓住雅内罗后一手攥住他的胳膊，站在原地气喘吁吁地休息了一会儿。雅内罗在上蹿下跳地试图从老头的手中逃跑未果后，他竟用自己的头撞老头的肚子，用拳头捶老头的身体。一向脾气温和的老头怒火中烧，施展一招"背麻袋"的功夫把雅内罗甩到地上，然后，拿起木棍抽打雅内罗。

这条大街上的住户都记得这个老头，也知道那天他撞翻中年妇女的木薯块袋子的事情。所以，他们在一旁看着都不出声。

大家也都知道小伙子雅内罗是附近有名的小混混、小流氓。几个经常和雅内罗在一起的小伙伴，依旧围绕在他的身边给他加油。

三

　　时光在人们的种种议论声中飞逝。在那段时间里，村子里所有的人都在议论小混混雅内罗和卡尔瓦里奥老头的事情。其实，在那之后，卡尔瓦里奥再也不用担心会有人突然出现在自己身后拍打自己的屁股了。那次，他教训完雅内罗之后，没有任何一个混混敢再嘲弄他。调皮的孩子看见他也都躲得远远的。

　　小伙子们和小孩子们看见卡尔瓦里奥的时候，他们总是对他笑眯眯的。然后，让他走在前面，目送他消失在巷子的深处。小伙子们再也不敢嘲弄老头，也不敢大喊"抬起你的双脚"这样的话。其实，这件事的第一责任人是卡尔瓦里奥。因为，是他在小孩子们年幼的时候溺爱他们，在他们做错的时候又不去教育和惩戒他们；所以才纵容了这几个小混混和小流氓。那些年幼时喜欢他的孩子们，成人后全部和他对着干，性格也变得非常叛逆。

雅内罗有一个已经成年的哥哥叫伊济德罗。一天，雅内罗和他的哥哥伊济德罗两个人站在通往桥头的路上等卡尔瓦里奥，他们准备伺机报复。当老头走到他们面前的时候，小伙子伊济德罗问身边的弟弟雅内罗：

"打你的人是他吗？"

"是的，就是他！"雅内罗回答道。

老头卡尔瓦里奥知道自己碰到麻烦了，赶紧试图自卫。但是，毕竟伊济德罗身强力壮，要知道他可是附近村庄有名的地痞无赖。他总是嘴里叼着烟，手里拿根木棍到处惹是生非，而且还非常喜欢赌博。可以说，他是一个吃喝嫖赌坏事做尽的人。还没有等卡尔瓦里奥张嘴说话，他便使劲朝着老头的脸上"啪啪"打了两个耳光。卡尔瓦里奥已经是过了四十岁的男人，面对眼前身强体壮的年轻人，他并不退缩，一把抓住了小伙子的腿，接着，施展一个"苏联大坐"顺势把他摔倒在地。于是，他们两个人抱在一起在地上厮打起来。他们两个人就像地上旋转的陀螺一样，在红土地上转来转去。附近的人们听见他们的喊打声跑了过来，试图劝阻他们，可是，一切都徒劳无功。大家只能站在两个人的附近看着，像是在一旁观看一场自由搏击。这个广阔的地方现在只属于两个混战的男人，他们的厮打仍在继续。他们两个人你来我往打得不亦乐乎。突然，其中的一个人抓住另一个人的脖子，另一个人则试图掰开那抓住脖子的手；因为，被抓脖子的人感觉自己呼吸十分地困难。两个人的激战持续了很长时间。

正在这时，人群中冲出一个年轻人，他是伊济德罗的朋友。他不由分说地上前开始帮助伊济德罗殴打卡尔瓦里奥老头。这个年轻人叫米格尔，他整日不修边幅，头发乱得像鸡窝，眼睛里总是泛着一丝血丝。他走路的时候喜欢把衬衫的两个衣角绑在一起，露出他恶心的肚脐眼。他的裤子上面到处是破洞，还写着很多泡妞术语。他一直想象自己是一个有钱的城里人。

米格尔加入激战没有多久，两个小混混便占了上风，控制住了可怜的卡尔瓦里奥老头。

米格尔到来得恰是时候——他看见自己的好哥们被老头打翻在地，他上前不由分说地在卡尔瓦里奥的肚子上狠狠地踢了两脚；然后，用尽全身力气抱着老头的腰，让他不能随意动弹。

老头看着眼前的两个小流氓心想："啊，这次我要丢脸了！今天，如果我不加把劲，估计要被两个小混混打死。我可不能掉以轻心……"

卡尔瓦里奥老头觉察到自己的处境不妙，他根本没有休息的时间，便努力地开始反击。事实上，他没有办法打赢这两个来自圣多美的年轻人。他们把老头的衬衫撕烂，然后，重重地在他身上击打。他们使用的拳术像兰热村有名的玛丽西亚老太太经常用的拳术一样。

老头又被米格尔摔倒在地，这一次老头抓住了机会，在他倒地的瞬间，用脚狠狠踢了年轻人的腿，还出重拳打了他两下。接着，他又用头撞米格尔的肚子。他还趁机抓住年轻人的腿往后一拉，只见年轻人随即倒地。来自圣多美的小伙子和卡尔瓦里奥又开始在地上摔跤。随后，他们就像一开始那样又纠缠在一起。这时，伊济德罗趁机上前抓住老头的腰部顺势一甩，把卡尔瓦里奥老头扔到了一边。可是这个时候，老头却没有示弱，使了一招鲤鱼打挺，一下子就站了起来。刚刚的一番打斗让老头感觉自己的骨架快要散了，他再也经不起这么摔打啦。于是，他又对他们使出了"背麻袋"式摔跤法。

"背麻袋"式的摔跤法原来是卡尔瓦里奥的强项。摔跤是他年轻时经常锻炼的项目，因此直到现在他也没有忘记摔跤的基本要领。他年轻的时候，在每年的狂欢节舞台上都会和自己的伙伴一起表演摔跤。那个时候，他是那个摔跤团队里的佼佼者。

"背麻袋"式摔跤法给他带来很多的荣誉和名气。在村子里，人们都喜欢称呼他卡尔瓦里奥兄弟；在外面，那些和他不熟的人则喜欢叫他摔跤英雄。如果有人想问卡尔瓦里奥有没有毛病和缺点，我们可以告诉他，卡尔瓦里奥是一个十足的好人。如果你们不喜欢他，一定是因为不了解他的人品。那个时候，他像是这个村子的国王一样享有很高的声誉；而且，他的妹妹泽法也是摔跤团队里公认的美人胚子。

如果有人认为生活像一个球的话，那么这个球一定是一直在旋转的。它能把生活中的每一个片段都记录在案。行走在生活中的人们却只能看到生活的小部分片段。我们每一个人都是生活中的英雄。因为，我们每一个人都在努力创造生活。

卡尔瓦里奥像年轻的英雄一样，展示着自己的功夫。他这招"背麻袋"式的摔跤法让旁边围观的人们瞠目结舌。

伊济德罗被这招"背麻袋"式的摔跤法打得落花流水，他比自己的朋友米格尔摔得更惨——觉得自己的喘息都有些困难了。他们三人在地上摸爬滚打，掀起了地上的小石子和碎纸屑、甘蔗皮、杧果皮等垃圾。所有在场的人只敢在远处看着他们厮打，心里升起对卡尔瓦里奥的崇敬之情。

后来，小混混米格尔利用老头摔倒的机会，一把从后面抓住了老头的胳膊，并死死地从身后扣住他的双手；然后，他命令伊济德罗从正面击打老头。伊济德罗用了吃奶的劲从地上爬起来，他感觉自己全身的骨头都错乱了。如果他独自和卡尔瓦里奥老头对打，他肯定没有好果子吃。米格尔的到来救了他。

伊济德罗像疯狗一样开始用拳头在老头的整个身体上，包括肚子、脸部、胸口，疯狂地击打。

鲜血从卡尔瓦里奥的口中喷了出来，他的眼睛也被打肿了，布满了血丝。他觉得一阵天旋地转。于是他放下了自己的尊严，开始向那些小流氓认错求情。他看着眼前围观的人群，希望能有一个人站出来阻止他们对自己的殴打。突然，在人群中有一个认识卡尔瓦里奥的人，还是他的远方亲戚，大声说道："这是群殴吗？是的，这就是公开的群殴啊！他们两个小伙子欺负一个老头呢。"卡尔瓦里奥听到后也大声地喊："他们暴力殴打我啊！他们想要杀了我啊！你们大家帮帮我啊！我快被他们打死了！哦哦哦，我快死了啊！你们看着我被活活打死吗？求求你们帮我啊……"但是这个时候，人们又都默不作声了。大家都被眼前的两个流氓吓住了——他们正恶狠狠地盯着人群——人们只得站在那里眼睁睁看着眼前发生的一切。

卡尔瓦里奥老头痛得好似停止了呼救，好像上帝已经为他打开了一扇飞进天堂的大门。但他还是在那里尽力挣扎着。最后，他用尽力气一只手挣脱了小混混的束缚。瞬间，他用拳头重重地打在圣多美小流氓的身上。他这重重的一拳立即让看热闹的人群轰动起来。老头另外一只手仍被米格尔死死地抓着，他们两个人怒目相对。但是，年轻人毕竟是年轻人；也许，卡尔瓦里奥过于劳累，米格尔找准机会上前一下子抓住了他的脖子。两个年轻人的拳头又开始像雨点一样捶打在老头的身上。两个小流氓嘴里振振有词，他们试图让老头屈服。

这时的卡尔瓦里奥似乎完全没有了还手之力，只能忍受着他们的殴打。但谁能料到呢，绝望的老头忽然奋力一跳，施展了一招"猴子偷桃"——快速地抓住了米格尔裤裆里的"宝贝"。

小流氓米格尔的宝贝被老头使劲一抓，疼得他立刻哇哇大叫起来，登时松了手。老头则更加用力地去抓米格尔的命根子。结果可想而知，小流氓米格尔疼得浑身抽搐。

米格尔大叫："啊啊啊，救命啊！"

一旁观战的人们则在那里议论："救命？他怎么会叫救命呢！这个小流氓喊叫救命是什么意思啊？"

"估计，他是需要一根'救命稻草'啊。"

"救命稻草？"

"是啊，他就是要根'救命稻草'，要把老头给捆起来。"

"哦，也许！他是想让自己的朋友伊济德罗去找一条绳子吗？"看见伊济德罗退出战斗，大家都不明白了，"他正在等他朋友的'救命稻草'吗？"

一些村子里的长者开始在人群中发表自己的意见和看法。长者们说，两个小混混怎么能在这里殴打一个比他们年纪长的前辈呢？现在，还要去找绳子把他吊起来打吗？这样的举动实在令人羞耻。尽管他们打架的时候有很多人在那里围观，还会呵呵大笑；但是后来，很多人都为两个流氓的残忍手段感到怒不可遏。

一位老者说道："这些年轻人现在越来越不像话了，简直是无法无天胡作非为。他们到底要怎么对待这个老头啊？难道这个老头在他们眼里是一头猪、一只鸡吗？"

旁边的一个人回答说："是啊！这两个年轻人是这附近村子里臭名昭著的流氓，可以说坏事做尽。"

"是啊，他们已经不是一天两天干坏事了，他们总是盘踞在附近村子里干一些见不得人的勾当。"

这一边，米格尔忍受不了自己的宝贝被卡尔瓦里奥用力地拉扯，一直在大声喊叫；但是，他的嘴巴里说出的都是圣多美的土著语"救命"，在场的人们根本不懂他的意思，只是在那里看着小混混大喊大叫。

所有人都被眼前的一幕搞得丈二和尚摸不着头脑，终于有人发现原来那个小混混的"老二"被老头牢牢地攥在手里。

"哦，你们快看！这个老头要杀死那个年轻人啊！"

"你为什么这么说啊？老头怎么可能杀死那个混混呢？"

"你看清楚啊，老头那只手里还抓着小流氓的老二。"

"啊！是吗？不大可能吧！"

"你看看老头的那只手啊，他正抓着……"

"啊，我的天！他的一只手是抓着那个小混混的宝贝。"

"哦，是啊！他的手是一直抓着米格尔的老二。"

"如果老头一直抓着他的宝贝，估计，小混混就没命啦。"

这时，卡尔瓦里奥老头用饱经风霜的声音说："在这里，没有一个人愿意帮我，我只能靠自己活命啦。"

米格尔大叫道："死老头，你快松开我，松手啊，快松手！"

小混混的其他朋友有上前来抬老头腿的，有抓住他的腰试图让他松开手的；但是，这一切都是徒劳的，老头一直死死抓住米格尔的老二不放手。

"我已经说过了，在这里没有人能帮我，我只能靠自己拯救自己。我是不会放开他的老二的，你们想也别想。”

"救命啊，快救命啊！"小混混米格尔又一次大叫起来。

"你这个狗老头，你是想杀死我的朋友米格尔吗？"一个年轻人站起身大声叫着，并用脚狠狠地踢卡尔瓦里奥老头的胸口。

"是哪个混蛋踢我的胸口啊？你给我小心点，等我空出手来一定要报复你。你们要是再动我一下，我就让你们吃不了兜着走。我先把这个混蛋的老二揪下来。"

在他们激战的时候，又有一些人赶到打架现场，但他们和另外那些早就在现场观看的人一样，只是眼睁睁地看着他们拳打、脚踢、头撞，瞧着他们厮打，保持着沉默。卡尔瓦里奥见胡同口聚集的人越来越多，终于，他松开了抓着米格尔老二的那只手。随后，他请聚集在胡同口的人们离开；但是，大家却不愿意听他的劝告。

卡尔瓦里奥松开那个混混的宝贝之后，踉跄着慢慢地消失在胡同的深处。

这时，伊济德罗折返回来了，他的手中拿了一根很粗的棍子——就像是卡斯特罗警官执勤时拿的警棍一样。他大叫着：

"那个混蛋老头在哪里啊？快给我滚出来啊！"说着他挤进人群中搜寻老头，一边走一边推搡着人们。

"那个混蛋老头在哪里啊？"

"小伙子，你先消消气啊。别那么激动啊，别给自己添麻烦了。"一个长者推着伊济德罗说。

可是，伊济德罗却不听劝。

他大叫道："今天，混蛋老头休想活着离开这里！他没有好果子吃！你们都给我让开。"

"小伙子，你知道这里是过不去的，你先别发脾气了。"老者继续说。

"他今天休想活着离开这里，我一定要让那个老头得到应有的惩罚。我一定要狠狠地揍他一顿！你们快给我让开，我要把那个混蛋老头打扁。"

"哎呀，小伙子！你先消消气，别激动啊！现在，你先想想自己是在哪里啊，你想想以后你和你的朋友怎么在这个地方生活。奉劝你们不要再打了。大家都让你们消消气，你们为什么不听大家的劝告？"一个身着军装的长者说道。

人群中的一个个头不高的中年男人站出来说："那些年轻的小混混整天游手好闲，你们看看他们现在都成什么样子了！"

这句话被愤怒的伊济德罗听到了，他反驳说："谁说我游手好闲啊？妈的，到底是谁说我游手好闲？给我滚出来！"

"小伙子，你就别再说了！"那个个头不高的中年男人说道，他假装没有听到辱骂他的脏话。

"你去死吧！为什么不让我说啊？你不让我说我还偏说，你能把我怎么样啊！"伊济德罗骂骂咧咧地说道。

"你还是别说啦。"其他的人也给他忠告。

伊济德罗不解地说："不让我说？！为什么不让我说啊？你们要是想管人，回家管你们的妈妈去。"

"伊济德罗，请你说话放尊重一点啊！"

伊济德罗说："狗屁！我一个游手好闲的小混混会尊重别人吗？我的本质就是这样，没救啦！"

老者回答说："是啊，你说得有道理。不过，你也太过激了，还是放庄重一些。"

"让我庄重一些！？你们没有这个权利！还是把你们自己的舌头管好再说吧。"

"小伙子，是你听错了！我们大家没有说你游手好闲。"老者说道。

"什么，你说我听错了？"

"是啊，是你听错了。"

"没有，我绝对没有听错。你们这些人想要包庇那个混蛋老头……你们听着，总有一天我会让那个老头吃不了兜着走。他是个缩头乌龟、王八蛋……他以为这件事这么容易结束吗？"

但卡尔瓦里奥和小混混的战斗就这样结束了。老头松开小混混的老二，并用脚重重地把小混混踢倒在地上。米格尔则依旧大叫着："哦哦哦……你这混蛋老头是想杀死我，以后，你如果出现在我的面前，我一定杀了你……"然后，他看着卡尔瓦里奥消失在小巷里。

卡尔瓦里奥走进一户人家的院子，然后，他又翻墙逃到另外一户人家。他走起路来显得很痛苦，有时他只能扯着晾衣绳子走路，或者扶着铁皮围成的围墙慢慢走。最后，他暗自鼓劲忍着疼痛寻找到院子的出口，出了院门，消失在胡同的深处。

卡尔瓦里奥老头的撤出让局面平静了下来，人们只是站在那里望着他离开的方向。

那个来自圣多美的混混米格尔依旧疼得躺在地上。后来，好像他们在做小时候的游戏一样，他被自己的同伴抬回了家中。

四

当米格尔被同伴抬回家的时候，已经是下午五点钟了。太阳斜挂在空中，躲藏在高高的楼房后面。仿佛，已经到了它休息的时间。

太阳下的人们一直不停地忙碌着。大家一直停不下来手中的工作，好像他们从未想过休息一样。辛苦的人们一直在操劳。有些人才刚刚开始自己辛苦的工作，比如，在海关码头、加油站、医院、酒吧、机场等一些服务性的单位——傍晚时分，他们开启了自己的工作时间。

在这个时间工作的人有很多很多，比如小混混米格尔的姐姐贝尔塔大姐。她是一个贩卖水果的小生意人，不过，这时她已经在家里休息了很长时间。平时这会儿，她要么是躲在自己昏暗的房间里清点当天的收入，要么是头顶着水果筐满街兜售水果——她总是想方设法弄一些吃食来解决当天的晚饭。那天，因为生意不好她回家的时间特别晚，她的心情非常糟糕，手里拿着装水果的盆子低着头往前走。她每天都要走街串巷，每个村子都留有她的脚印。她售卖水果时从不在一个地方停留很长时间。她一直担心自己的生计问题。不过，有时候她的运气很不错，在路上兜售水果时，碰见老客户，他们会照顾她的生意的。生意好的时候她会高高兴兴提前回家。

不过，那天她的幸运之神离她远去。她的水果没有卖出一半的数量，更糟糕的是，一些梨子不小心弄丢了。丢失梨子的事情让她难以承受，但她不知道家里还有一个更让她难过的消息等着她。

贝尔塔不知道自己未来的生活是怎么样的。但是，现在她已经感觉到自己的生活非常困难了。为了生活，她拼命地挣钱做生意，就像疯婆子一样每天游走在村子的大街小巷。她不想再这么过日子了，她已经受够了这样的生活。这是她在一个星期里第二次丢失货物了。如果这样下去，迟早会失去自己所有的东西，水果生意也会面临倒闭。这是她这辈子的第一份生意，她不想让它就这样结束。因此，她总是和自己的邻居金吉尼亚谈论她以后的生活——她们两个人可以说是同病相怜，两人的生活都不幸福。贝尔塔是一个好人，心地非常善良。她经常问自己，为什么总是丢钱，也许，这是上帝在惩罚她上辈子做的坏事。但是有时她又想，她这是自欺欺人。有时候，丢钱之后，她不得已只能向村子里的大财主若昂借钱，来延续自己的水果生意。她曾以为是那些和她一起做小买卖的姐妹故意捉弄她。那段时间发生了很多让人难以琢磨的事情，无奈之下她请求村里的算命大师给她解卦。

　　算命人对她说，没有任何人陷害她。和她一起做小买卖的姐妹们都是本本分分的生意人，她们的人品都很好，没有陷害她的理由。

　　不过，在贝尔塔的邻居中有个女邻居需要特别注意。因为这个女邻居总是说一套做一套，而且，她还是一个一毛不拔的"铁公鸡"。但是总的来说，她也不是一个很坏的人。所以，贝尔塔身边并没有人品很坏的恶人。也许，是命运的安排才让她丢掉自己的血汗钱吧。她一直希望自己的运气可以好一点，让丢钱这类不幸的事情只能发生在梦中，不要在现实中一次次地重演。她不想厄运再次出现，但是同时，她也不惧怕厄运的出现。她心里有充足的勇气来面对所有的不幸。只要心里做好充足的准备，有什么可怕的？

　　贝尔塔不能像其他女人一样依靠自己的丈夫过"衣来伸手饭来张口"的生活。因为，她的丈夫被关押在监狱中——已经被关押了整整十一个月，还差一个月满一年。在她的生活中又有谁能帮助她呢？难道是她的弟弟米格尔吗？现在的米格尔还处在学习阶段，没有工作的能力，也从来不知道干活补贴家用。她的父亲和母亲都在她的故国圣多美和普林西比，日常她只能通过书信来往和父母沟通。

　　做生意的人什么时候才是最幸福的呢？当然是他们看见自己挣到大钱的时候。但是，如果发生像贝尔塔丢钱的事，那他们的生意和生活就谈不上顺利和幸福了。那种感觉像是一根绳子绑在自己的脖子上般让人难以呼吸。

　　当然，总是幻想不劳而获的人是悲哀的。事实上，只有使用自己辛辛苦苦赚来的钱，人才真的会觉得开心。

不劳而获的想法几乎每一个人心中都或多或少地存在着；特别是一些失去了丈夫的女人。如果贝尔塔的丈夫没有被关押在监狱的话，他可以帮助贝尔塔分担生活的压力；可是，他被禁锢在监牢中一点忙也帮不上。如果他在家中的话，他可以帮她做砖、做木匠活、盖一间新房子…

贝尔塔边抱怨边走进自己家。她把手中的东西放在厨房里后，便开始出去寻找自己的孩子们。她的孩子们总是喜欢待在姑姑家里。

这时，几个小伙子抬着米格尔走了进来。贝尔塔看见眼前的情况大叫了一声：

"哎呀！我的弟弟，米格尔啊！你这是怎么啦？！谁把你弄成这样子啊？我的上帝，圣母玛利亚！他们到底把你怎么了？！小屁孩伊济德罗，到底是怎么回事啊？"贝尔塔喜欢叫这些小伙子"小屁孩"。

小伙子伊济德罗忙着照顾米格尔，没有时间给贝尔塔解释事情的来龙去脉。把米格尔放在房间里后他便急急忙忙地跑出去寻找乡村医生。

贝尔塔则生气地对着伊济德罗的背影说："你把话给我说清楚，我的弟弟米格尔到底怎么啦？你听见我的话了吗？"

站在一旁的小伙子阿玛德乌是在最后一刻才出现在他们打架现场的，他帮着伊济德罗把米格尔抬回到家里，他对着贝尔塔说："贝尔塔大姐，你先别着急啊！"

贝尔塔则大声说道："阿玛德乌，你这个小屁孩懂什么啊？！你也没有听见我的问话吗？听着自己弟弟的哀号声，你让我怎么不着急啊。现在，我只想知道这件事情的缘由。我的弟弟到底是怎么回事，怎么成了现在的样子？你听见我的问话了吗？别在这里给我添乱，快说话啊！"

"贝尔塔大姐，我并不是给你添乱啊。"阿玛德乌说道。

"你这不是在添乱是在做什么啊？"

"贝尔塔大姐，你还是先安静一下。人一着急容易激动，容易办错事啊。是不是啊？你先别着急。再说，已经过去的事情就不是什么最重要的事情啦。"

"你说关于米格尔的事情已经过去了吗？可那就是我想知道的事情啊。"

阿玛德乌慢慢地解释说："贝尔塔大姐，我只能告诉您，我也是在他们快打完架时赶到现场的。至于米格尔和谁在一起厮打，我的确不是很清楚。我估计若阿基多可能知道这件事情的来龙去脉。"

小伙子若阿基多将米格尔抬进房间之后，立即跑到院墙根的茅厕里撒尿去了。

雅内罗的一个小伙伴急忙站出来说："米格尔和一个老头打架。我们小时候经常取笑那老头——抬起你的瘸腿走路——老头卡尔瓦里奥！"

小伙子又急忙说："关于这件事情的细节我也不是很清楚，不过，我们可以去问问西蒙。"接着，小伙子西蒙把这件事情的前前后后向贝尔塔做了解释。可以说，没有遗漏任何的细节。贝尔塔听完他的解释，没有再等伊济德罗去叫的乡村大夫，她径直跑到自己认识的一个大夫家里让他帮忙来给米格尔看病。

五

埃斯特旺先生是一名医术高超的乡村医生，不一会儿，他便和贝尔塔一起来到她家里。他在进米格尔的房间之前和贝尔塔说让她安静一点，不要着急；但是，贝尔塔在房外走来走去，就像一只热锅上的蚂蚁，或是被马蜂蜇了一样。

过了一会儿，埃斯特旺先生从房里出来对贝尔塔说："大妹子，你别这么着急了。最坏的时候都已经过去了，米格尔没有生命危险，你别太操心了。"

"哎呀，大夫先生，您说说这叫什么事啊？您想想，有哪个大笨蛋会跑到别人家里打架斗殴啊？"贝尔塔无奈地说。

听完贝尔塔的话埃斯特旺先生笑了，他说："大妹子，你就别操心啦，打架也是他生活中的一部分嘛。"

贝尔塔双手叉腰站在那里大声说："哼！怎么会这样啊？"

"大妹子，别担心，你有自己厌烦的理由，可是，这些事情都是小事。再过个两三天，估计米格尔便能下地走路了。再说了，生活不就是这样起伏嘛，我的大妹子啊，面对生活你可要有耐心啊。"

"哎，埃斯特旺先生，并不是我没有耐心啊，只是我这个家里的烦心事实在太多了！您是不知道啊，我也从来没有和您说过我的家事。一开始，是我的丈夫被抓去坐牢，现在又是我的弟弟和别人斗殴。我们家里的这些老老少少的男人们都要让我操碎心啊！我不知道自己上辈子到底做了什么孽啊，运气总是这么差啊！难不成是我杀死了耶稣基督和耶和华吗？"

医生安慰贝尔塔说："哎呀，大妹子，你别胡思乱想啦。你现在唯一能做的就是平复一下自己的心情。"

贝尔塔又无奈地说："算了吧，大夫先生。我现在真是身心疲惫。我的弟弟米格尔从来都不听我的话。我是多么希望他能成材，可是，现在所有的人都说他是小流氓。很多人厌恶他，甚至是憎恨他。估计，这个孩子以后是没有任何希望啦。"

"是啊，你说的一切都有自己的道理。将来的事情我们没有办法未卜先知。可是，事情发生了我们应该知道该如何解决。我们年幼的时候，父亲不让我们做一件事，我们会言听计从。在你小的时候，如果你的姐姐让你做一件事情，你肯定也会马上去做。可是，现在已经完全不同了，这个世界的一切都在变化，每个人都有自己的想法。现在，有很多小孩子已经不再尊重我们这些鬓发斑白的老头啦。因为，他们也已经到了做父亲的年纪、成为别人兄长的年纪，他们有自己的想法和主意。他们愿意做什么，是他们的自由。如果他愿意出去和别人打架斗殴，就让他去打架斗殴。如果愿意出去惹是生非，也让他去惹是生非。如果想改变自己，就让他去改变。这一切的一切时间会慢慢地证明，也只有时间才能把以前和未来做对比。时间会让他们了解生活中所有的一切。"

　　埃斯特旺先生开导完贝尔塔大姐之后便和她告别了。他说第二天他会再来给米格尔做个回访。

六

    客厅里站着很多年轻人，他们都是米格尔的小伙伴。他们站在那里聊米格尔打架的事情。

    贝尔塔则站在厨房里，她正在给自己受伤的弟弟米格尔熬制鱼汤，她一边给自己的弟弟做鱼汤，一边嘴里说着抱怨的话。说到伤心处她甚至想要自杀——也许只有这样，她才能快速地结束自己痛苦的生活。

    小伙子马里奥路过厨房时，听见了她的抱怨声。他试图去安抚一下这个伤心的女人。他说道：

    "好邻居贝尔塔大姐，你可千万别想不开。你要想想自己还有一双儿女需要养育，你的丈夫就快出狱了，你的弟弟也还需要你的照顾啊。"

    现在，贝尔塔的情绪略略平复了些，她注意到这个小流氓团伙中的带头大哥。贝尔塔打断了马里奥的话，大声地说：

"好啦，小屁孩马里奥，你别再说了！你别说了，听见了吗？我现在心里非常生气，你看看我的头发都被气炸啦。我现在心里很烦。你们这些小伙子都给我滚出我的家里，顺便带上你们那些伤员，赶紧离开我的家。"

听完贝尔塔的话，小伙子贝托急忙说："好邻居，您可别这么做啊。如果你这么做，你的弟弟米格尔一定会埋怨你的。"说着，贝托走到锅台处找出一根没有烧尽的木棍点着一根香烟。

贝尔塔反问道："为什么米格尔要抱怨我啊？！他现在所遭受的痛苦不都是你们给他带来的吗？你们这些混蛋小子们！现在你们的翅膀硬了，什么事情都敢做。你们还学会抽烟、赌博、打架斗殴。你看看你们当中哪个人是正儿八经靠自己努力工作挣钱养家？又有谁手里的钱是干干净净的啊？"

"贝尔塔大姐，你在这里说什么啊？"贝托带着无辜的表情问道。

"哼！你们这些小流氓经常出去为非作歹，以为没人知道吗？你在我家里做什么啊？难道你们不去挣钱吗？你们不想过上豪华的生活吗？你们的钱干净吗？"

"贝尔塔，你可千万别这样说我。我来这里是为了探望米格尔，我也不愿意来你们家。你放心，以后我再也不来你家。"小伙子贝托大声吵嚷着。

贝尔塔反驳道："你要是不来我们家，我高举双手欢迎。难道，每次你来我家里会给我们带来好运气吗？你如果不喜欢来我们家，请你现在赶紧离开。我知道你们不愿意听我说话，可是，我还是要说一些你们不爱听的大实话，因为，我就是一个这样子的人。"

突然，一个叫洛洛的小伙子跑过来说："贝尔塔大姐，不好意思打断您一下。您别和那个小混混贝托费劲了。您的弟弟米格尔叫您呢。"

贝尔塔则脸色阴沉地说："他让你叫我干什么啊？你跟他说，让他去吃屎吧！"

小伙子洛洛回答说："我也不知道啊，您最好去看看啊。"

贝尔塔则说："你回去跟他说，如果是想喝鱼汤，让他等一会儿，现在鱼汤还没有做好呢。"

洛洛回答说："可能……不是鱼汤的事情啊。"

贝尔塔不耐烦地说："我已经给你说过了，别在这里烦我了！"

"可是，贝尔塔大姐，最好是您亲自去和他说吧，因为……"

贝尔塔大叫一声打断了小伙子洛洛的话。她大叫着说：

"你赶紧走吧！你别在这里给我添乱了。你去跟他说，别给我添乱啊。你告诉你的朋友，我不想和他说话。看看你们这些狐朋狗友，早早便出去说帮米格尔找医生医治伤病，可是到现在也不见他请的医生的人影。你们就是这样一群不着调的人，你们根本不懂得生活，只知道一天到晚惹是生非找麻烦。可是，我却总是在一旁帮你们处理棘手的麻烦，难道你们以为我每天都无所事事吗？现在你们这帮人都被别人称作混混、流氓、废物。你们说说，以后你们该怎么办？让我怎么和你们在一起？你们自己好好想想，为什么大家这样称呼你们，啊？你们想想到底是为什么！你们只知道在这里聒嘴，让你们处理件事情却是一团糟。即便这是最后一个大问题，也是你们这帮人自己造成的。你们说说，现在的状况是好还是坏啊？我建议你们从哪里来回哪里去。

你们还是鼓足勇气赶紧从我的家里滚出去吧。"

贝尔塔在屋外对着米格尔大声喊道："你要是不想在这里待着，你就赶紧回圣多美和普林西比，回到爸妈的身边。也许，只有他们才能容忍你现在的行为。你已经不是一个孩子了，怎么就不能体会一下你姐姐的难处呢？这段时间我总是去我教父的家里帮他做家务，我从来不让他操心，他从来没有因为我白过一根头发。可是你呢？你自己好好想想，现在在这附近的村子里有谁不认识你这个小流氓啊？你现在可以说是臭名远扬啊……你现在的样子让我感到痛心。你好好想想以后的事情怎么办，你也不能再这么活下去了。现在你也这么大年纪了，难道没有一点的羞耻心吗？"突然，贝尔塔停了口，因为，她看到自己家的院门被人推开了——走进来了两个人：一个是小混混伊济德罗，另外一个是一名乡村医生。

贝尔塔看见伊济德罗之后大发雷霆，整个人像疯了一样。她三步并作两步跑到大门口，一把抓住伊济德罗的胳膊，将他推出大门，并且大叫道："你给我滚出去！从我们家滚到路上去！你这个小屁孩伊济德罗，赶紧从我的家里滚出去……你来这里干什么啊？总是给我添麻烦啊……你给我滚出去啊，快走啊……你带着你的医生朋友赶紧离开我的家，这里没有人需要你的药品和治疗。出去！赶紧从我的院子里滚出去啊！"

伊济德罗被眼前的一幕弄得丈二和尚摸不着头脑，但他是米格尔唯一的好朋友，虽然他不是很喜欢贝尔塔的做事风格："贝尔塔大姐，你这是做什么啊？"

"我让你们出去，别进我家的院子。我不想看到你进我的家门……你们赶紧给我出去。"她边说边继续推伊济德罗。

小混混伊济德罗则说："把你的手给我拿开，你快给我松手！"

接着他又说："大姐，你能不能别这样，好不好啊？"

贝尔塔问道："我哪个样子啊？你说说我哪个样子不好啊？反正我不管，请你们立即离开我的院子。你们赶紧给我出去……"说着她又开始将伊济德罗和医生往门外推。

"我靠，这个娘们踩臭狗屎了。如果不是看在你是我好朋友的姐姐的分上，我早就修理你啦！"伊济德罗说道。他的话音刚落，贝尔塔便凑到他的身边挺着胸说：

"你打啊！我看看你怎么打我！有本事你打我试看啊！"

瞬间，小混混伊济德罗的心里充满了愤怒。这时，阿玛德乌和若阿基多赶紧上前劝阻伊济德罗。他们一个人推着伊济德罗，另外一个人则抱住贝尔塔大姐。他们使出最大的力气把两个人努力分开。但是，贝尔塔的心里也充满愤怒。她展示出一个中年妇女的"勇气"。

"你不是说要打我吗？你打我试试。"贝尔塔高声说。

"去吃屎吧，你这个女人真让人讨厌！"

"你才去吃屎！那狗屎是你拉的。你就是一坨臭狗屎。小流氓！"

"小流氓？！你说我是小流氓？！你跟我说说，我这个小流氓杀了谁？我如果是小流氓的话，为什么你的弟弟米格尔总是跟我在一起？"

"所以，现在我在这里警告你，以后不要再和我弟弟一起鬼混。你听见了吗？"

"不让我和他在一起，为什么？"

"因为，我的梦想快被你们这些混混毁灭了，我所有的钱和一切都快被你们毁掉啦！谁会愿意自己的一切全部都成为泡影啊？也许，只有你们这些小流氓了！"

"贝尔塔，你到底在说什么啊？我不是很懂你的意思……"伊济德罗说道。

"立即从我的家里出去，你这个游手好闲的懒人……你是一个只知道生火做饭，却不知道怎么熄灭炉火的人。"

"贝尔塔，你赶紧去吃屎吧，好吗？你根本就不知道怎么讨论事情，我本来不想进你的家门，只不过，现在我想去看看我的好朋友。你最好给我保持安静！我肯定不会走，现在我已经把大夫请来给米格尔看病了，你再招惹我我就让你去吃屎！"

"你这个混混，你赶紧去吃屎吧，马上从我的家里滚出去。快滚出去……你给我滚到路上去，不要再在我的家里烦我。你这个土匪！"

"如果我是土匪的话，你的弟弟总是和我在一起，自然而然他也是土匪。"

"当然，他也是一个土匪。只不过你是土匪头目，他是被你这混蛋教坏的。你看看你这辈子都做了什么蠢事，你让我感到恶心。你说出去找医生，为什么这么长时间你才回来？你这个小混混若再来我们家里，我拿棍子打烂你的猪脸，让你一辈子没有脸见人。"

小混混伊济德罗已经走出贝尔塔的家门了，但是听到她刚刚的话又折返回来。看着站在傍晚昏暗光线下的贝尔塔，他高声说：

"老女人，你不是要打我的脸吗？我靠，你现在可以试试啊！"

"怎么了？我想打的时候就会出手！你以为我不敢打你的脸吗？"

"贝尔塔，我对你可以说非常地尊重，因为你是我朋友的亲姐姐。可是现在，你有点蹬鼻子上脸不识分寸了。我如果在这里打你两拳，我估计你肯定会站不起来。"

贝尔塔听完他的话，硬着脖子又凑到他的身边大声说：

"你打我啊，我就在这里！你打我啊。你说得出应该做得到啊。你怎么不敢打啊？你打我啊！"

小伙子们又一次跑过来劝阻两人。

马里奥说道："贝尔塔大姐，你别和这个年轻人一般见识啊，事情已经结束了。"

"小屁孩马里奥，把你的手给我拿开。我要看看他怎么把我打得站不起来。"贝尔塔对马里奥说。

另外一个小伙子也走上前劝阻说："好邻居，贝尔塔大姐，你安静一会儿啊！"

"我怎么能安静下来？你们觉得我不敢接受他的挑衅吗？现在，我的弟弟被人打成这个样子，你让我怎么安静下来啊？你说说啊？"

小混混伊济德罗被阿玛德乌推到围墙的墙角边，让他慢慢地安静下来。

马里奥又对贝尔塔说："不管怎么说，伊济德罗把医生请过来了！还是让大夫进门看病吧。"

贝尔塔说："这个已经不重要了，我已经请我们这里最好的医生埃斯特旺先生诊断过了。"

伊济德罗抢话说："哦，已经有医生给米格尔诊断过病情啦；所以，你在这里说这些难听的话。那个时候，我拼命跑步去找医生为米格尔看病；现在医生终于给请过来了，你却这样对我们。你到底还想让我怎么样啊？你的所作所为让我为你感到羞耻。我跑了很远才找到这位医生——是几公里以外的因地西纳村，好不容易才把医生请过来……"

"好吧！我们赶紧让医生再给米格尔看看病吧。"一个小伙子说道。

"不用了，你们别管了。这都是我自己的事情，你们都不用管。我自己的事情自己会处理。我找的医生诊完病已经走了……"

"贝尔塔大姐，你还是让医生再进去看看米格尔的病情吧！让米格尔好好和医生说一下自己的病情，这样才是最好啊！"

"不用了，我看没有这个必要了！"

阿玛德乌对着伊济德罗说："以防万一，你还是让医生进去看看吧！"

"哥们，你不用在这里说了，我觉得自己和那个中年妇女肯定有霉运。"伊济德罗说道。

阿玛德乌笑着说："你拉倒吧！她能和你有什么霉运啊？贝尔塔大姐的性格就是这样啊。这么长时间了，难道你还不了解她吗？"

"不行，这个女人的家我是不会再进去了。你让医生进去先给米格尔诊断，然后，我再给他说事情的经过。"

阿玛德乌生气地说："伊济德罗，今天你怎么像个娘们一般啰里啰嗦，赶紧给我进去啊。"

"并不是我啰里啰嗦啊，实在是那个老娘们在那里给我添乱啊。为了不再起争执，我觉得我最好还是离开她家。"

阿玛德乌一板一眼地对伊济德罗说："是啊！不过，你自己要在心里想想，现在出现的很多问题都和你有关系。米格尔像是你的弟弟一样啊，现在你就这样走了，米格尔心里会怎么想？从你去找大夫，到你现在回来，还没有和米格尔说过话。你回来之后一直在那里和他的姐姐争论得喋喋不休……当然，如果你实在不想在这里待着，你也可以走啊。不过，我们一会儿要开会制定一个策略。以后，也没有人再去你家里和你说这些事情了。"

随后，阿玛德乌回过头走回院子里。伊济德罗独自一人站在那里思考着，考虑了一会儿，他觉得自己应该留下来。

在他们开会之前，几个人看着医生给米格尔做诊断，他们给医生讲解事情的经过，以免他误诊。医生走后，所有的年轻人聚在一起开会，会议的主题是：报复计划。

贝尔塔是一个能说的女人，但是，她却是一个刀子嘴豆腐心的女人。她的心非常善良。那天，她还给十几个帮忙的小伙子们准备了晚饭，给他们做了美味的木薯糊糊。小伙子们也喜欢用鳄梨配着木薯糊糊吃。小伙子们吃饭可谓是风卷残云；尽管那些天贝尔塔的生意不是很好，但是她依旧给他们准备了充足的晚饭。

黎明的时候，他们还在那里讨论——这段日子无论是星期六还是星期天，他们总会到贝尔塔的家里陪米格尔。不然，他们会牵挂自己的朋友。每一个人都清楚自己朋友的病情。

那天，贝尔塔陪着他们一直到晚上十点钟，后来，她终于熬不住了，就回屋睡觉了。所有的事情对于她来说，都已经过去了。她是一个从来不记仇的女人，也可以说她是一个从来不隐藏自己真实感受的性情中人，一个"胡同里赶猪"直来直去的女人。有矛盾，她总是当面与人直说，从不人前一套人后一套。她脑子里想什么，嘴上便会说什么。她就是这样一个真实的好女人。

　　贝尔塔把米格尔被打的怨气撒在了雅内罗的身上，她想，若是哪天能抓住雅内罗，一定好好给他点颜色瞧瞧。

七

第二天下午，贝尔塔气势汹汹地抓住了小伙子雅内罗，并且揍了他一顿。

事情是这样的，这天，雅内罗带来两盒药给米格尔。这些药是他的哥哥伊济德罗让他给米格尔拿过来的。贝尔塔正在院子里用木搓板给自己的孩子们洗衣服，她假装没有看见雅内罗，一直在那里洗衣服。而小伙子雅内罗也假装没有看见她，径直走进她家的院子，也没有和贝尔塔打招呼。贝尔塔急忙站起来跑过去把雅内罗拦下来，并大声地说：

"嗨，你这个小流氓！是谁让你来我们家里的？你难道没有看见院子里有人吗？你难道不会向我们这些长辈打声招呼吗？你是不是不会说话啊？你拿着这些药盒来我们家干什么啊？"

"是我哥哥伊济德罗，他让我来给米格尔送点药……"

"你一声不吭，招呼不打，进别人的家里吗？难道这里是狗窝吗？难道这里是垃圾站吗？是不是啊？说话啊，你这个小混混……"说着，她扔掉雅内罗手中的药，又把他往门外推，边推边说：

"你赶紧出去啊，快滚啊！"但是，小伙子雅内罗站在那里一动不动，哭丧着脸看着贝尔塔女士。

贝尔塔接着说："你有听见我的话吗？你想就这样站在我的眼前吗？你以为我是在这里拉屎吗？啊！我在这里拉屎吗？"她说着就用手揪住雅内罗的耳朵。雅内罗疼得哇哇直叫，被她轰了出去。

贝尔塔说："小垃圾，赶紧给我出去。你来这里是给我添乱吗？"

"我怎么敢给你添乱啊……你赶紧松开你的手，别再揪我的耳朵啦。"雅内罗捂住自己的耳朵说。

"如果以后你成了坏痞子，我一定不会放过你，你听见了吗？你倒是说话啊，听见没有？"说着，她又打了他一巴掌。

贝尔塔这一巴掌把雅内罗打懵了，整个人一下子像疯了一样，四处寻找可以打人的东西。雅内罗在墙角的一处找到一根半截的木棍，这根木棍已经在炉灶里烧掉了半截。贝尔塔见此情形，想躲在柴火堆后面，可是柴火堆后面根本容不下一个人。然后，她又跑到墙角边的大水桶后面。小伙子雅内罗一边哭一边拿着棍子追，贝尔塔根本没有办法躲。于是，她站在小伙子的面前用威胁的口吻说："好啊，我看你到底怎么打我啊！你打我试试看啊！你看我怎么收拾你……"还没等贝尔塔说完，雅内罗拿着半根木棍冲了过来。小伙子雅内罗以前经常拿着棍子在面包树上打鸟，所以自然而然，打人这么大的物体更是不在话下了。他手中的半截木棍不偏不倚地正好打在贝尔塔的肚子上，只听她的肚子发出"砰"的一声。

"哎哟哟！我的肚子啊！"贝尔塔疼得大叫几声，"你这个小痞子，我让你打，你还真敢打我啊！"

雅内罗打完之后，扔下手中的半截木棍开始找院子的出口。可惜他逃跑的速度还是慢了一步。贝尔塔几步跳过去抓住了雅内罗，她非常生气地在小伙子的屁股上疯狂地抽打。疼得小伙子满地撒泼打滚，坐在地上哇哇大哭起来。一场争斗下来，累得贝尔塔大姐气喘吁吁。后来，她看见雅内罗站了起来，但脸上没有任何的愧疚色，这让她感到非常生气，她又开始像对待成年人一样教训雅内罗。可是，小伙子的皮肉非常粗，像是风干的牛肉干，手打在他的皮肤上也感觉很疼。不过，小伙子毕竟很机灵，总是能躲开贝尔塔大姐打过来的巴掌，这让贝尔塔大姐左打不中右打也不中。

小伙子米格尔仍然感觉身子不舒服，听到吵闹声，他走到屋门口便见到了这一幕。他蹲在墙角处，大声责骂自己的姐姐贝尔塔，让她停止教训雅内罗。但是，处在怒火中的贝尔塔哪里听得进去别人的劝告。如果现在有人招惹到她，肯定没有好果子吃。贝尔塔跑过来一把把米格尔推倒在地，米格尔站了起来，贝尔塔又一次把他推倒。这个时候的米格尔被怒火冲昏了头脑，整个人像一头发怒的野猪，他抓住自己姐姐的脖子，接着，一口咬在她的乳房上。贝尔塔疼得像发疯一样，拼了命地大叫：

"哎哟哟，小米格尔啊……哎呀呀，疼死我了！米格尔，你就这样恩将仇报，就这样对自己的姐姐啊！你这个孩子怎么这样对待我啊？你快松口啊，要不然要疼死我啦！……"贝尔塔边说边想着把米格尔推开；但是，推来推去却始终无法摆脱他。小伙子米格尔一直抓着她的脖子。贝尔塔则使出全身的力气在奋力挣扎，直到她感觉头昏脑涨体力不支，小伙子才慢慢地松开她的脖子……

贝尔塔浑身无力地说："哎呀呀，我的圣母玛利亚啊！今天这个小混蛋是要杀了我啊！"

看到雅内罗又一次跑到了院子门口，贝尔塔跳起来一把抓住了他的衬衫，但是这次，运气之神站在了雅内罗的身边。由于刚刚贝尔塔的高声喊叫，招来了很多附近的村民。他们走到两个人的身边说道：

"贝尔塔，这个小伙子把你怎么啦？你至于这么生气吗？"

"邻居大哥，你听我给你说说他的行为啊！"贝尔塔解释说。

"但是，一个小孩子能对你做什么啊？"

"邻居大哥，我是不会放走这个小痞子，我今天一定要好好教训他一下。"

"贝尔塔，一个孩子能对你做什么啊？"

"丹尼尔大哥，你别管啦。"

"大妹子，话不能这么说啊，你要说说理由啊。"

"我靠，丹尼尔大哥，你别管了！别在这里烦我，我好不容易才抓住这个小混混，我今天一定要好好教训他……"但是，邻居丹尼尔也站在那里不依不饶，一定要问个清楚方肯罢休。他一下子抓住贝尔塔，让她动弹不得。贝尔塔则尽全身力气试图挣脱。她试了一次又一次才从邻居丹尼尔的手中挣脱。这时她看见小伙子雅内罗已经被邻居马特乌斯保护了起来。

"马特乌斯先生，请你把这个小孩赶紧给我！"贝尔塔说。

"贝尔塔邻居，他还是一个孩子啊，你为什么这么对他啊？"

"老邻居，你就别说啦，赶紧把那个小毛孩给我，我不想在这里和你浪费口舌啊。"

"行啊！但你要给我说清楚到底是怎么回事，小伙子到底怎么招惹你啦？"

"马特乌斯，你别咸吃萝卜淡操心。"旁边的一个邻居说道。

马特乌斯则坚持说："那不行啊！如果贝尔塔不把话说清楚，我不能把雅内罗给她。"

贝尔塔说："马特乌斯先生，你知道这个小屁孩做了什么吗？"

"这正是我们想知道的事情。"邻居丹尼尔回答。

"妈的，我自己的事情你们在这里打听什么啊？！"

"贝尔塔，请你说话讲礼貌。听见了吗？要对人好好说话！"

"你让我好好说话？这位邻居，我想知道，你为什么要掺和我的事情啊？"

"在这里没有人想掺和你的事情，但是，我们希望了解小伙子到底做了什么不可饶恕的事情。希望你的丈夫教会你怎么礼貌地对待其他人。他一定要好好教你学会礼貌对人，你听到了吗？"

"这件事情和我的丈夫没有任何的关系，你为什么非要把我的丈夫扯进来，为什么啊？"

"因为你的丈夫没有管教好你，让现在的你变得满嘴脏话，如此没有教养。"

"我的丈夫没有让我变得没有教养，没有教养的人反而是你，你的女人才是真正的没有教养。要是我的丈夫没有管教好我的话，估计你也没有管教好你家那口子。首先，你没有给你的媳妇做出好样子……"

"贝尔塔，你别说了！你说的都是什么话啊？！你这个样子实在是太没有礼貌了，这样的行为太丑陋了。"另外一个邻居上前劝阻说。

"桑塔大姐，我知道自己的行为丑陋。但是，你们这些邻居总是在这里多管闲事。难道是因为这可恶的小伙子是吉塔·卡佐拉老太太的外甥吗？我才不管她。只要我抓住他非要好好教训他不成。"

"好吧，你愿意做什么便做什么，但是，最好在做事之前先想一下你身边的人啊。贝尔塔，你想想我说的对不对，你想想啊。如果母亲们在分娩婴儿的时候出了意外，难道，我们还要去惩罚刚刚降生的婴儿吗？那样肯定是错误的。至少，我自己不喜欢体罚孩子。好邻居，你知道我的孩子们做事都中规中矩，他们总会按照我的安排去生活和工作。他们从没埋怨过我。你要慢慢地学会原谅孩子。"

"桑塔大姐，你这么说是什么意思？是在这里找茬啊，还是说我打那个小伙子是因为我自己犯了错？"

"我们不是找茬，只不过打人不是一件好事，坎蒂塔妹子你说呢？"她对一旁的一个女人说道。

"是啊，打人肯定是不对！"那个叫坎蒂塔的女人回答说。

贝尔塔急忙问："桑塔邻居，我们已经很长时间没有聊天了，你觉得我们是不是还要在我家里促膝长谈啊？"

"我们谈什么啊？我只是说，打人是不正确的行为啊！"桑塔回答。

"那好吧！你们做好自己本分的事情就行了，别管那么多闲事。"

"嗨！你们大家来看看。今天贝尔塔怎么这样？！我只是告诉她不让她打孩子，难道我做错什么事情了吗？"桑塔委屈地说。

"你别管那么多闲事，先管好自己再说别人吧。"贝尔塔大声说。

"嘿，大妹子，你怎么能这么说话？你今天是不是吃枪药了？难道是因为丈夫被关进监狱，弟弟被人殴打，你就憋疯啦？你自己要是觉得有什么问题，赶紧去看医生。"

贝尔塔说："我没有什么不合适的地方，你听见了吗？我自己的事情自己处理，不需要任何人在这里指手画脚，也不需要别人帮忙。我说得很明白了吧！"

"贝尔塔，你在这里说什么呢？"

"我已经说得很明白了，你们还不清楚吗？所有的人都是只知道说说大道理的臭贫嘴。"

"贝尔塔，我们只看见你在这里臭贫嘴，我可从来没有那样的行为。"桑塔笑着说。

"好吧，你别在这里添乱啦。"贝尔塔说道。

"贝尔塔，你说我在这里添乱，我看是你在给自己找麻烦啊！"

"你跟我说说，我找什么麻烦啊？"

"就是你自己在找茬啊！"

"你跟我说清楚……我们走着瞧！"贝尔塔生气地说。

"谁给你走着瞧啊？你为什么故意为难雅内罗啊？吉塔·卡佐拉的大外甥现在正在来这里的路上。"

"我为什么这么做他自己心里明白，我没必要每次都重复说这件事。等那个伊济德罗到这里的时候，你们问问他就清楚事情的经过啦。"贝尔塔对桑塔说道。

桑塔则高声喝道："他来了能给我讲什么道道？我看就是你这张大嘴四处乱说。今天，如果不是我发烧很严重，才不会让你这样对待一个孩子，一定让你吃不了兜着走。"

"你想对我干什么啊？"

"我已经和你说过了，如果不是这几天我在发烧，今天一定让你吃不了兜着走。我可不像吉塔·卡佐拉大姐那么彬彬有礼。"

贝尔塔用手拉着自己的裙子，身子微微地靠着身边的一个人。她想离开这个是非之地了，不过在走之前，她又对着女邻居桑塔说：

"我不管你是什么人，你就是一个光屁股的老娘们。一个不知道谁是你生父，不知道自己故乡在哪里，也不知道你自己是什么肤色的混血人。"

桑塔听见贝尔塔说出这样侮辱她的话，怒从心中起恶向胆边生。

"嗨，你这个不要脸的无知泼妇，看看你自己是在和谁讲话吧！坎蒂塔妹子，你帮我看好孩子，别让人欺负他。我给你说过我可不是好欺负的女人，想坐在我的头上拉屎撒尿，没门！我今天一定好好教训一下你这个没有教养的女人。"

女邻居坎蒂塔急忙劝阻桑塔说："桑塔，你可别这么干啊，你别忘了自己现在还在发高烧。别和那种女人一般见识。"

但是，桑塔已经走到贝尔塔的面前了，并且两个人已经厮打在一起了。只见她们两个互相用头撞击对方，接着，双手乱抓、乱打、乱挠，时不时地还施展一下她们的拳击术。两个人一直厮打在一起，互相撕扯对方的衣服。一不小心，两个人的乳房都裸露在外面了。她们急忙用一只手护住乳房，另一只手去撕扯对方的内裤。然后，她们二人拿着对方的内裤展示自己的战果——这便是当地农村女人打架的陋习。一旁围观的邻居们开始还上前劝阻两个女人不要再打了，但是，当他们看见她们两个人裸露的屁股时，感觉非常害臊，不敢上前继续劝阻了。小孩子们和小伙子们则在一旁看得兴致勃勃，他们还组成了一道人墙，故意挡住那些给她们两个人递送毛巾的人。两个女人的激战没有持续很长时间，很快便结束了。她们两个人的争斗就像是一场撕衣服比赛，因为当她们结束厮打的时候，两个人都已经是衣衫褴褛了——她们半裸地站在那里。

当她们两个人松开对方的时候，都已经感觉到筋疲力尽了，抓着对方衣服的碎屑重重地瘫坐在地上。最后，她们还约定改天再来决一雌雄。那个时候，女邻居桑塔大姐非常地生气，她对着贝尔塔大叫道：

"一坨臭狗屎，我把你的内裤撕下来了，让你光着屁股满街跑……"

贝尔塔则不服输地说："大家都彼此彼此，你的内裤不是也在我手里嘛！如果你没有打够，可以约其他时间我们再来一仗。只要我还活着……不会让你这不黑不白的杂种日子好过。"

"哦哦哦哦哦！"桑塔的好朋友们在一旁给她加油助威。

"贝尔塔，你太不像话了。你听听你自己都说些什么啊！"旁边的一个老太太站出来，责问贝尔塔。

桑塔已经快走到自己的家门口了，听到贝尔塔的骂声又折返回来大声说："对对对！我就是个不黑不白的女人，我喜欢自己这样的肤色。这有什么不好？我又有什么错误！总比你的妹妹好百倍……不就是她总到泽先生和马内拉先生的商店里出卖自己的肉体吗？！"

"嗨！桑塔，你说这事干什么啊！"旁边的一个中年妇女说道。

"是啊，桑塔，你别说了，快回家吧！"另一个邻居上前劝阻说。

"我的大侄女桑塔，你生气归生气；可是，不能在这里说出那些难听的话。邻居之间要以礼相待，人与人之间要有起码的尊重。看看你现在的样子，让我都不敢认你啦。你还是以前我认识的那个懂礼貌的桑塔吗？你别再继续说下去啦。"一帮上年纪的老大娘走到桑塔的面前责怪她。这时候桑塔又靠近贝尔塔身边说：

"你妹妹就是那么肮脏！一只不折不扣的野鸡！"

一个邻居急忙站出来说："嗨，桑塔妹子，你闭嘴！你难道不知道什么是羞耻吗？"

可是，桑塔没有听邻居的劝告，也没有任何的收敛，对着贝尔塔说："你听见我说的脏话了吗？我才不会同情你当野鸡的妹妹，如果她需要可以让她告诉我，我给她找客人……"

"桑塔，说够没有？！你说这些恶语中伤别人，你自己心里就舒服吗？你骂的可不单单是贝尔塔的妹子一个人。"

"这个我不管！"桑塔继续辱骂道，"以前，她总是跑到我家里借玉米粉和木薯粉，我从来没有驳过她的面子。你们现在都别掺和我们之间的事情。"

"桑塔，你看看你是在干什么啊？村子里两个年纪最大的老大妈过来请求你们停手，你以为我们在这里是给你们加油助威的吗？"一个女邻居说，"你看看你们两个人的样子，为什么你们不能住嘴？是不是因为你们都光着屁股，现在连自己的脸都不想要了？你们两个人都给我听好，谁都不能再打再骂啦！"

桑塔好像还是一直很生气。她对在场所有劝阻她的人都没好话。桑塔原本是一个对待他人很有礼貌的家庭主妇，可是，怎么今天变得如此不可理喻？！

一个老太太看着桑塔说："桑塔，大家一直以为你是教堂里神圣的桑塔；可是今天，你让我们看见你的另一面——魔鬼的一面啊！你让大家太失望啦！"

"桑塔，你今天像一个疯婆子！你的母亲一定会为你感到害臊。"

"是啊，你在这里生气吧！"说完这些话，那些在场的成年人各自返回家里。不大一会儿，刚刚还吵翻天的大马路上仅剩下一些玩耍的小孩子了。

最后，桑塔大声说："正人先正己，再说'己所不欲勿施于人'！"

贝尔塔关闭了自家院门。这也是她这辈子第一次这么打架。这段时间总是不顺，这让她感觉到身心疲惫，仿佛整个家快要散架啦。

八

　　老头子卡尔瓦里奥强忍疼痛从赞加多村走到了卡里安古村，最后，倒在自己家的院门口。他的脑袋重重地撞在门柱上。瞬时间，卡尔瓦里奥丧失了意识，眼睛睁得圆圆的直勾勾地看着天空。他的嘴角流出了鲜血，遍体鳞伤，穿着的衣服破烂不堪，脚上的鞋子也丢掉了一只。现在的他像一个烂醉如泥的酒鬼。这次他被人殴打得实在不轻——被两个人轮番攻击啊。罗莎住在卡尔瓦里奥家的隔壁，她本来在家给她的孩子做鱼肉饭，可家里的玉米粉不多了；所以，她准备到老头家里去借玉米粉，或者是去市场上买玉米粉。当她来到老头家家门口的时候，一不小心被躺在地上的卡尔瓦里奥绊倒在地，吓得她大叫起来：

　　"我的好邻居伊萨贝尔大姐，快来看看啊！你们家要倒霉啦！你快出来啊！你的男人躺在这里，他死在你家门口啦！"

　　这个时候的伊萨贝尔正在厨房里清理一条海鱼，准备晚上的晚餐，听见罗莎的喊叫声，她扔下手中的鱼冲到门口。

　　"哎哟哟，我老头子啊！你怎么回事啊？今天出门的时候还是好好的！"伊萨贝尔看见自己的丈夫嘴里流出了鲜血，眼神呆滞，连站起来的力量都没有了。伊萨贝尔伤心地躺在地上边打滚边大声哭起来。她哭泣的声音很高，招引来很多邻居。随后，邻居们帮忙把老头抬进了屋子。罗莎找来的医生赶忙给老头诊病。看到自己也帮不上忙了，罗莎这才去市场买玉米粉，也正好去市场给老头卡尔瓦里奥的妹妹泽法送去这个消息。泽法是一位在市场颇有声望的渔妇。

九

　　这个时候的泽法正在市场贩售海鱼。她的摊位前挤满了要买鱼的客人，一是因为快到做晚饭的时候了，再一个是因为她出售的海鱼非常新鲜。有时候，她总是忙得晕头转向，根本没有抬头的时间，也不知道自己把鱼卖给了谁。要买鱼的人实在是太多了，有时候，甚至场面有些混乱。她的面前放了很多钱，而她则忙得晕头转向，不知道东南西北。客人们也都争着抢着买她的鱼，一会儿这边叫，一会儿那边喊。这一个客人在她身边高声说："嗨，大妹子，你先接待一下我，我在这里已经等了很长时间啦。"另外一个客人说："泽法大姐，你还是先接待我吧，你看看我现在就在你面前，我想买一些黄花鱼，其他的都不需要。"另一个女人也大声说："大妹子，麻烦你给我拿几条石首鱼，要新鲜石首鱼啊。我们两家可是老邻居啦。"一个女人说道："大妹子，你帮我拿一些黑格鱼，然后，再给我三条白姑鱼。"又听一个女人说："大妹子，麻烦你给我拿两筐鲷鱼，这是鱼钱，你先拿着啊。"接着，又听到另外一个女人讲："泽法妹子，你接待一下我，你看看我在这里已经等了半个小时啦。"一个女人高声喊道："喂，你别站我的位子啊，你没有看见我的小盆子在这里放着吗？"一个声音沧桑的女人说："嗨，泽法大妹子，你看看，你难道不认识我吗？我是你教父马丁斯的表妹啊！我的老朋友，你赶紧帮我拿两条鱼，我还要马上回家给我生病的男人做晚饭。"又听见另外一个女人说："泽法女士，我装鱼的袋子已经放在你面前了，他们让我过来买竹荚鱼，我的继母指定让我来您的摊位上买鱼，她说您卖的鱼新鲜。"又听到一个女人说："泽法妹子，今天是我教母的生日，请你卖给我几条沙丁鱼，我想拿它做烤鱼……我不想一个星期吃不到我们岛上独有的风味饭。我这辈子只能吃小岛上的饭，只有那样的饭菜才可口；再说我的父亲他从来都不吃别的地方的饭菜，因为他是土生土长的罗安达人。罗安达人都喜欢海的味道，所以他们喜欢吃海鱼。我回去还要给我丈夫马尔塞力诺做他喜欢的洋葱汤，星期天的时候家里还剩了一些没有吃完的干鱼片。马尔塞力诺也离不了他自己家乡的风味。现在我的儿子也继承了他父亲的口味，也和我丈夫一样爱吃家乡的风味餐。当然，我孩子也继承了我的特点，所以，今天我让小孩跟着我到我教母的家里给大家做沙丁鱼烤鱼。"泽法回答说："大姐，你的要求我马上满足你。你快站在这里，我把沙丁鱼给你拿出来。哎呀，鱼掉在地上了，你帮忙给捡起来吧。"这个女人说："好的，我把鱼捡起来了，我走了。"泽法大声说："大姐，你别拿走那两条沙丁鱼，它们不是我的。"这个女人问旁边摊位的渔妇这两条沙丁鱼是否是她遗落的。渔妇回答说不是。这个女人乐了起来，嘴里说："呵呵，上帝知道今天是我教母的生日，所以，特意赏赐给我两条沙丁鱼。我在这里替我教母谢谢你们了。"这个女人在人群中转了一圈，她不小心踩着一个女人的脚，只听被踩脚的女人大叫道：

"嗨嗨，我的大姐！你注意一点啊，你刚刚踩着我的脚了。"

"哦，对不起啊，大妹子。我刚才没有看见你。"

"是啊，你没有看见我，但是，也不能把我的脚趾头踩掉。再说了，我的鱼还没有买到，反而被你踩了脚丫子，脚趾头差点被你踩掉。你赶紧走吧。"被踩脚趾的女人很生气，"哎呀，我的天啊，我去另外的摊位买鱼吧，泽法这里的人实在是太多了。我只想买一条沙丁鱼，不能让我像疯子一样往里面挤……我不想自己像疯子一样生活。为了吃顿泽法家的鱼真是不容易，我站在这里这么长时间了。"说话间她走到了另外一个卖鱼摊位前，因为这个鱼摊前的客人并不多。

她从这一个摊位前又走到那一个摊位前，那些摊位前的客人都不是很多，最后，她买了一条沙丁鱼，这条鱼是买给她生病的小孩子吃的。

突然，一个不知名的女人出现在泽法的鱼摊前，她看到太阳快要下山了，嘴里大叫着："天啊！我的运气那么差劲，今天准备晚饭的时间和昨天一样又要晚啦。算啦，我不在泽法的摊位上买鱼了，还是去其他鱼摊看看。现在泽法一直很忙，她已经没有空闲时间接待我啦。……你说让我等到什么时间啊？大妹子，我不等了。借个光，我要去另外一个摊位看看。"听了她的话，在场的很多人都表现得很不耐烦。另外一个女人也开始发起牢骚，嘟嘟囔囔地说不买泽法的鱼了。然后，两个人便结伴来到另外一个摊位买鱼。

其中的一个女人买完鱼走了回来，冲着泽法大叫道：

"泽法啊泽法！我们都是同一个村的人，我这个老乡今天要好好数落你一下。你怎么不把你的好鱼卖给我啊？看看我买的鱼多差劲。我是你最忠实的客人，现在你这么对待我吗？你给我小心点……以后如果你回到老家马兰热的话，会有人把你从家里扔出来，你可别怪我没有提醒过你。肯定有人到时候要责骂你啦。"

这个女人的话音刚落，响起另外一个女人的声音，她是出来给那个女人帮腔的，她大声地跟着那个女人说：

"是啊，你说得对啊。泽法以为自己是一个大鱼贩子嘛。狗屁！如果不是西米尼亚·西科老太太年纪大了身体状况不好放弃了卖鱼生意，泽法的生意怎么会这么好？如果西米尼亚·西科老太太还在摆摊，就没有现在这么风光的泽法鱼贩啦。西米尼亚·西科老太太是一个……"

"大姐，你还是闭嘴别说了。"一个女人打断了大声喊叫的女人的演讲，然后对她说，"我估计只有你喜欢那个西米尼亚·西科老太太，在这里的很多人不喜欢那个守财奴。即便是西米尼亚·西科仍然在这里摆摊卖鱼，难道她能像泽法一样照顾我们这些穷人吗？这位大姐，你在说话之前，最好用自己的心仔细想想，自己说的话对不对，别人是否都同意你的话。你这样不客观地去评价一个人是不公平的。我给你一个建议，以后可千万不能这样胡乱评论别人。你现在看见的泽法大姐，是一个非常善良的女人，她有一颗救世主的菩萨心肠。你如果经常到教堂的话，一定会明白我说的意思——是谁把痛苦带到这里，又是谁把幸福带到这里。我们眼中看到的是一个低头努力做生意的泽法，她为这里的人做了多少的好事、善事？！很多次，你没有钱买鱼做饭，是谁把鱼赊给你，让你度过艰难的日子？这个人难道不是我们的泽法吗？！再说了，有很多次泽法借钱给你买西红柿和羊角豆，你忘了吗？你自己扪心问问，她什么时候催过你还钱啊？你们不能只记住不满意，忘记她对你们的恩德。任何人都不能只为了自己考虑，还要慢慢学会为别人着想啊。你看看现在忙碌的泽法，她现在已经忙得晕头转向了，已经分不清到底是谁在付钱了，所以，你们如果想买鱼也要耐心地等待，至少让她能有喘气休息的时间。我觉得泽法是我的圣母玛利亚。你们想想她赊给我们多少次鱼了，从没有让我们的家人饿肚子。我不知道刚刚那位大姐话里的意思，但是，我可以对你们说，在这里再也没有其他人能像她这样心地善良。虽然我也正在这里排队买鱼，可是，我不允许你们在这里说泽法的坏话。"

当这个女人公开要求其他人不要说泽法的坏话后，便没有人再去大肆批评泽法了。那些在泽法摊位上买不到鱼的人，开始转向其他的鱼摊。但是，每一个买鱼的客人到了市场都会先到泽法的鱼摊前，问问是否有他们想要的鱼。人们的手中拿着各种装鱼的器皿，袋子、篮子、盆子，还有一些人拿着买鱼的钱。一个女人说："泽法，我把生病的孩子放在家里出来买鱼，麻烦你先给我拿些鱼吧。"又听到另一个女人说："泽法，我女儿是你的好朋友，就是我和我第一个丈夫生的那个女儿，你们两个人关系还不错，麻烦你先卖给我一些鱼，你看看现在天快黑啦。"突然，又听一个女人说："喂，泽法，你是我邻居的教母，你难道不认识我了？麻烦你卖给我两条黑格鱼。"一个年纪轻轻的女人对着泽法说："泽法大姐，我是你住在邮局旁边的侄女的好朋友，我叫安东尼卡·卡佩佐……"一个女人也高声喊道："喂！泽法，你怎么那么慢啊？你把我装鱼的袋子拿走了，怎么到现在也没有给我装鱼啊？是不是现在你的客人多了，你把我给忘记了。"一个老太太轻声说："嗨，大妹子，你怎么就是看不见我啊，我已经站在这里很长时间了！大妹子，到现在你也没有把鱼卖给我！我现在什么都不干了，就等着你给我鱼。我到摊位前的时候，你说让我稍等，你看看现在都多长时间啦……"泽法回答说："好的，大妈！把你的袋子给我，我把你要的鱼赶紧给你装起来。"老太太高兴地说："好啊，你这样太好啦，接着我的袋子，买鱼的钱已经装在袋子里了，我只要雌竹荚鱼……"旁边的一个女人也顺势说："泽法，你也给我拿些竹荚鱼，我还想要些小鱼和沙丁鱼。"另一个女人也急忙说："也请你帮我拿一些小鱼吧。""对不起，我想买一些带鱼，你帮我装一些带鱼吧……如果你仓库里的带鱼存货很多的话我全要啦。"一个穿黑色衣服的女人说："哎呀！我在这里等了三个小时啦。"旁边的一个老汉接茬说："是啊，一开始我就在这里等泽法接待我，可是，直到现在她也没有给我拿我要的鱼。泽法，你是不是忘记你的老客户啦？你先停一下，接待一下我们这些老光棍们！"泽法不好意地对其他人说："你们大家先等等吧，我先给单身汉们拿鱼，然后，我再回来接待你们啊。你们要知道，没有人给这些单身汉做饭。"一个女人大声说："喂！泽法，不行，你不能那么干。你想想，我们这些妇女还要回家给一家老小做饭、干家务。单身汉可以继续在那里等着，俗话说：一人吃饱全家不饿。可是，我们这些人要是回不去，家里大人和孩子们都要喝西北风啦。"老汉则反驳说："泽法，你别听那些大嘴婆在这里臭贫，你还是赶紧先给我们拿鱼吧。给你袋子和买鱼的钱。"接着，老汉对着身边的一个中年妇女说："大妹子，借个光，我把袋子给泽法递进去。"中年妇女则说："你可以把你的袋子递进去啊，可是，请你不要排在我的前面。"老汉生气地说："我不在你的前面，怎么把袋子递给泽法啊？"中年妇女则不悦地说："那是你自己的事情，你想去哪边买去哪边买，我管不着啊！但是，请你不要站在我的前面。"老汉则哀求说："大妹子，求求你啦，你给我行个方便吧！我把袋子给她递进去。"中年妇女则不耐烦地说："这位大哥，这么大地方你不走，为什么偏偏要从我这里过啊？告诉你从我这里过没门。你应该知道该从哪里过。"

当时场面十分混乱，以至泽法根本没有听见哥哥的邻居罗莎在喊她的名字。罗莎大声地喊着泽法，可是，泽法仍在那里忙碌个不停。心里非常生气的罗莎用尽吃奶的力气扯着嗓子再次喊道：

"泽法大妹子！泽法大妹子！"

"哦，是罗莎大姐，我哥哥的好邻居。你稍等一下，接待完这几个人后，我就来给你拿鱼。你别着急啊，一会儿，给你的都是好鱼啊。"

"大妹子，你接待我什么啊？我今天是给你带口信来的，不是来这里买鱼的！我刚刚在这里用尽力气大声喊你的名字，你也没有听见，可把我累死啦。"

泽法对着身边的客人说："你们大家稍等一下。"接着，又专注地问罗莎，"罗莎大姐，是什么口信啊？"这个时候的罗莎已经十分不耐烦了，她不想再重复已经说过很多遍的话。

泽法大声地问:"罗莎大姐,您有什么口信啊?快跟我说啊。"

"是关于你哥哥卡尔瓦里奥的口信……"

"罗莎大姐,我哥哥卡尔瓦里奥他怎么啦?"泽法担心地问。

"我不知道你哥哥卡尔瓦里奥现在是活还是死啊!"

"啊!我的哥哥!"泽法听完罗莎的话双手抱着头,她像疯了一样。她对身边的人说:"明加大姐、卡迪热大姐,麻烦你们帮我把这些鱼卖了——这堆鱼是每条五十宽扎,大概有二十多条。其他鱼的价格你们知道。哎呀,我的哥哥……我的哥哥他快死啦。"说着,她跑着离开了市场。

"泽法大妹子,怎么回事啊?到底发生了啥事?"泽法旁边摊位的摊主们大声地问。泽法的老主顾们也围着罗莎问长问短。罗莎只好把关于卡尔瓦里奥的事情原原本本地讲述了一遍。

"啊,原来是卡尔瓦里奥被一群地痞无赖群殴,以后他的日子怎么过啊?"

"罗莎大妹子,你跟我们说说清楚,卡尔瓦里奥到底是怎么回事?他们为什么殴打卡尔瓦里奥?"一群人围着罗莎问。

"哎呀,具体的情况我也不是很清楚。"罗莎回答。

"不过,地痞无赖是在光天化日之下殴打卡尔瓦里奥吗?你们觉得这事发生在白天可能吗?"

"哎哟,卡库鲁大妹子,你觉得地痞无赖在光天化日之下不敢打人吗?"

"他们当然敢在白天打人,没有人说他们不敢。"

一个女人语无伦次地说:"那天,你的女儿不听话,你不是在白天教育她?大白天教育孩子多不好啊,那么多人都会看见。"

"去,你在这里胡说什么啊!"

"哎呀! 估计, 现在卡尔瓦里奥已经死啦。"罗莎说道, "当时我看见卡尔瓦里奥睁着眼睛, 嘴角流着鲜血。而且那个时候他已经处于昏迷状态了。"

　　"罗莎大妹子, 你刚刚说你只是看到卡尔瓦里奥昏死过去了, 那你刚才为什么会对泽法说出那样的话呢? "朱莉亚问, 她是泽法在市场上一个关系很好的伙伴。

　　"我说出什么话啦? 当时, 我看见卡尔瓦里奥的时候他已经口鼻流血。我还听说那帮地痞无赖拿着钢丝和木棍使劲地抽打他, 那时他的身子都已经僵硬了。我不把自己知道的事情说出来, 难道, 我还说卡尔瓦里奥身体健康无比吗? 你跟我说, 我该怎么说……"

　　朱莉亚接着说: "是啊, 我知道他们围殴卡尔瓦里奥, 可是, 也不至于打死他啊。这是不可能啊! 所以, 你带来的口信肯定不准确! "

　　"哦! 所以, 你觉得我带来的口信是完全错误的, 是不是啊? "罗莎问。

　　朱莉亚急忙说: "我并不是这个意思啊。不过, 我觉得给人家传口信不能像你这个样子, 最起码要传递真实的信息。"

　　罗莎听到朱莉亚的话, 整个人像吹鼓的皮球, 还没等朱莉亚把话说完, 她大声地说: "你们大家听听, 她在这里说什么啊? ! 这是我的错吗? ! 你这个大妹子是不是在和我找茬啊? ! 我是亲眼看见了卡尔瓦里奥快死的表情的, 现在, 她说我带错了口信! 我挺着孕肚来给泽法送口信, 没有人感谢我不说, 我还落一身的埋怨。以后, 谁还愿意做好事啊? "

　　"我并不是说你带来的信息是错误的, 也没有埋怨你的意思。我只是说……"朱莉亚急着想解释。

但是，罗莎又一次打断了朱莉亚的话，她大声说："那好吧！你觉得你和泽法关系密切，你们两个人的私人关系非比寻常，麻烦你教我送口信该怎么说吧！你就赶紧教我怎么说话吧！"罗莎双手叉腰挺着圆圆的肚子站在那里。

"你过来教教我怎么说话啊，我在这里等你！"

本来是一件非常不起眼的小事，可在这些女人的口中却升级成了一件难缠的棘手事情。在场的人们不想看她们二人斗嘴，也没人在旁边煽风点火；不然，情形会更槽。

朱莉亚有点生气地说："嗨，我的大姐！并不是说你无知，你听见了吗？也不是说你不好，应该说，都是我不好。咱们不要在这里继续说下去了。如果你是传播错误消息的人，我便是那个听了错误消息的受害者。"

"哼！这个世界上头号无知的女人就是你。你是我拉出来的一坨屎，是一头没人管教的叫驴！你听见了吗？"罗莎大声骂道。

朱莉亚很生气："你们大家听听，她在这里说什么啊？"

一个在市场上购买海鱼的客人上前劝阻说："大妹子，你别和那种女人争了。你看看她现在还挺着大肚子，最好别和她一般见识啊。"

"可是，你听听她刚才说些什么脏话啊！真是气死我了，看她那样就知道她是一个长舌妇……我今天真想给她点颜色瞧瞧，让她知道骂人也是有代价的……"

也许是因为在怀孕期间有些兴奋吧，罗莎手里拎着袋子来到朱莉亚跟前，整个人都快挨着朱莉亚了。她对朱莉亚说："我站在这里你打我试试啊！还敢打我，你以为自己的屁股大吗？"

在场所有的女人们都不想计较罗莎的粗鲁行为，朱莉亚也不想和她纠缠此事。

"看看这个大妹子是怎么回事，难道她快要疯了吗？大妹子，你的头是不是给驴踢啦？"朱莉亚轻声问。

"我已经和你说过了，我就在这里等着。你想怎么样，随便你啊。如果你屁股大的话……"罗莎冷笑着说。

朱莉亚说："我的天！你给我滚一边去。在我没有把你的蛤蟆肚子打破之前，最好给我滚得远远的！"

"我想怎么着就怎么着，你管不着啊！"

"如果你想在这里找麻烦，随你的便。我可不和你一般见识。"朱莉亚说道。

罗莎则回应说："听她们说，你在这个市场上是一个有名的大嘴婆；听她们说，你在这里是一个出名的小霸王。你现在怎么不敢打啦？难道是她们说错……"

"嗨，大妹子。你说话的时候要注意方式方法啊，你们自己的事情，你们自己处理，别扯上我们大家！"卡迪热急忙打断了罗莎的话。

罗莎对卡迪热说："看看，这位女士也要掺和进来。你想对我怎么着啊？"

卡迪热说："大妹子，我并不想对你怎么样啊。不过，我可不是朱莉亚那样温文尔雅的女人。你以为你的翅膀长硬了？惹了我，我把你的翅膀给你砍下来！我可不管你是不是怀孕什么的。你要是知趣，赶紧给我走得远远的，别在这里给我添乱。如果不小心把你弄流产了，可不是我们的责任啊。你听见了？请不要再在这里给我们添乱。"

另外一个渔妇劝卡迪热说："卡迪热大妹子，算了吧！"明加也大声说："不过，那个老娘们的确不是一般人，也不知道她是从哪里蹦出来的。"

罗莎不悦地说："这位女士，我警告你，最好不要掺和我们的事情。你还是保持沉默吧，现在你还不知道我们在说什么；你如果想掺和进来，我也奉陪到底……"

"罗莎，你这个泼妇老娘们，你是和谁造的孩子啊？难道，你是在这里或者是在广场上和男人造的小人吗？"一个女客人在市场上大声说着，她好像是在和大家开玩笑一样。

"这位大姐，你也想掺和到我们的战争中来吗？"罗莎问刚刚说话的那女人。

那个女人撒谎说："大妹子，我刚刚什么都没有说。我是在问谁在这个摊位上卖鱼呢。"

"哈哈哈！"在场的女人听见她的回答都笑了起来。

"嗨，大妹子，你说得好啊。我觉得应该让那个疯婆娘罗莎见识一下我们的厉害……她来这里想买我的鱼，从来不和我们打招呼。我知道她在家里和她家的那口子闹别扭了。"卡迪热说道。

"哼！她能和她的男人闹什么别扭啊？！十有八九是她那口子出轨了，估计又找了一个女朋友……"

罗莎生气地说："混账东西，他找的那个女朋友就是你！以为你声音小我就听不见你的脏话？！你有种再大声说一遍，让这里所有的人听听你的污言秽语。那个混账女朋友就是你啊！"

"既然，你听见了我的话，你能把我怎么样！"

卡迪热说："你们两个人不要再说话啦。估计，罗莎现在的头很疼，因为她的丈夫从来不在自己的家里睡觉。所以，谁知道她肚子里的孩子是谁的啊？对不对，大妹子？"

罗莎摸了摸自己鼓起的肚子，然后往一边吐了口口水，她这样回答卡迪热："我丈夫睡不睡在家里，你猜啊？也许，只有你们这种女人才会收留其他野男人到自己的家里睡觉，估计，我丈夫也在你的家里睡过觉。"

"是啊，我觉得也是这样啊。你丈夫早就厌烦了你这样的女人啦。你瞧瞧自己的样子，是不是想男人快要想疯啦！"

"哈哈哈，她就是个疯婆子！"在场的渔妇都在嘲笑罗莎。

罗莎大声说道："你们注意听着，我自己的男人我管教得非常好。至于他白天晚上在不在家，我并不关心。我充分相信自己的男人。"

"我呸！你能管教好你的臭男人，简直是活见鬼啦。"

"哈哈哈！她说的都是狗屁话啊！"渔妇们又开始议论纷纷。

罗莎像疯了一样大发雷霆，她大声说："你们都去死吧，你们这帮垃圾！你们觉得我会为了你们这些人的话不好意思吗？我才不会。你们听见了吗？我是否清白我心知肚明。可你们这些人呢？在市场、在海边，和那些白种人大货车司机干了多少不可告人的勾当啊。所以，我们心里都清楚到底谁才是真正的野鸡。我只是把真相给你们说出来。"

一个和白人在海边发生过矛盾的渔妇站起身扯着嗓子喊："我的天，你这个混蛋泼妇！你说是谁在这里干出下流勾当啊？你说的那个和白人大货车司机在海边干出卖淫勾当的女人是谁？你说明白了！你回答我，你到底是在说谁？不然，我把你的舌头给你割掉！"

罗莎顿时像泄了气的皮球一样，瞬时间转变了口气："你要割我的什么啊？"

"舌头。我要把你的舌头给你割下来，看你以后还怎么坏话满天飞。"

"大妹子，你可别做傻事啊。"一旁的女人们上前劝说。

"你看看罗莎这个大妹子，挺着个大肚子还要和别人打架吗？真是不自量力。姐妹们，咱们大家还是饶了她吧。我们看在她肚子的分上，也不能和她动武。如果真想教训她，等她把孩子生下以后再跟她比试吧。你们说是不是啊？你们都是当妈妈的人，难道不知道作为孕妇的难处吗？大家散了吧……"

罗莎说："谁用你们体谅我？我才不稀罕。"正在大家吵吵嚷嚷的时候，有三个女人已经走到了罗莎的身边，开始对她推推搡搡。其中一个女人还弄破了罗莎的袋子。

一个女人对着罗莎大骂道："你这个疯婆子！瞧瞧你这小身板，估计你受不了我一拳。你还想和谁动武啊？"

另外一个女人随声附和道："你看看她那样子，瘦得只剩下骨头。我们要弄死你像踩死一只蚂蚁一样容易。别再让我在卡尔瓦里奥的家里看见你，小心你的脑袋。"

"嗨嗨！你们在这里干什么？"一位上年纪的老太太大声喊道，"你们大家就是这样为人处世的吗？如果你们让罗莎离开市场就不会发生这件糗事！你们回想回想自己说的话，连我都为你们感到羞耻。你们为什么会变成这样子？"

"老太太，我们没有难为她的意思，只不过她太让人生气了。您不知道刚刚她说了些什么难听的话。我们只是想修理她一下。"

老太太紧皱眉头说："你们为什么要修理她？大家说过的话

让它随风飘走吧。过去的事情让它过去吧，你们大家说是不是？再大的问题会来，它肯定也会走。我们不要想得太多。"

"是啊，老太太，你说得对啊。好吧，我们大家都散了吧。"一个女人高声对在场的人们说。

十

　　泽法赶到自己哥哥家里时，看见很多人在哥哥家里进进出出。他们大都是哥哥的邻居，有些人站在大门口，有些人站在大马路上，但大家都在谈论着卡尔瓦里奥被殴打的事情。当大家看见泽法的时候，他们都跑上前去询问泽法事情的缘由。

　　这时的泽法心情已经平静了很多，她静静地听着哥哥邻居们七嘴八舌的讲述，然后她也说出了自己所知道的事情。当她走进屋里的时候，她的哥哥卡尔瓦里奥正斜躺在一张竹席上呻吟着。一旁的嫂子伊萨贝尔正拿着一块热毛巾给哥哥清理伤口。后来，卡尔瓦里奥把事情原原本本、仔仔细细地给在场的人们讲述了一遍。泽法听完哥哥的讲述，气得像一只夯了毛的母鸡。接着，她又责怪自己的哥哥当初没有教育好那些小孩子们，总是那么溺爱孩子。

　　说实话，关于卡尔瓦里奥被打的事情，人们都不知道该说些什么——无论是亲人、邻居，还是那些不熟识的人。

虽然，他们大家都不知道该说些什么，但是，老头卡尔瓦里奥被打的这件事并没有就此了结。

泽法每次回到娘家的时候，总是喜欢长篇大论地讲些人生大道理。

这一次泽法说："土匪并不是从天上掉下来的，土匪像我们每个人一样，也是慢慢成长起来的。他们有可能是我们的丈夫，有可能是我们的儿子——有可能是我们的亲朋好友。所以，我们其实不用感到害怕，大家只是对他们不了解而已。但是，如果我哥哥跟你们说自己已经非常了解这些土匪了，我可以告诉你，他真是想错了。因为，我知道那些土匪做过什么伤天害理的龌龊勾当。我的亲哥哥，如果有一天再发生类似的情况，你一定抓住他们的'老二'，我会手起刀落一个一个地把他们的宝贝切下来；不然，我就不叫泽法这个名字了。再说，用棍子打人不是土匪的专长，我也想让那帮土匪尝试一下被打的滋味。"

泽法那些贩卖海鱼的姐妹们这时也赶到了卡尔瓦里奥的家中。她们了解到事情缘由的时候，天色已经变得昏暗。卡里安古村村委会里的灯亮了起来，接着，很多家庭的灯也亮了起来。远远望去，昏暗的灯光仿佛是一只只跃动的萤火虫，它们慢慢地出现在村子的各个角落。姐妹们坐在一起商量要制定一个抓捕殴打老头卡尔瓦里奥小流氓的方案。在她们回家之前，她们决定了抓捕小混混的时间。

当罗莎再次来到卡尔瓦里奥家的时候依然非常生气。那时，渔妇们刚刚离开，所以，并没有和她碰面。她来这里是为了寻找和她发生过口角的女人，可是却一无所获。她不得不走进屋里准备和那个躺在席子上的病人卡尔瓦里奥理论一番。

"伊萨贝尔邻居，那些女人们走了吗？"罗莎问道。

"是啊，罗莎，她们早走了。罗莎妹子，发生什么事情了吗？"

"没事，已经过去了就不想再提了。"

"罗莎妹子，到底发生了什么事情？什么过去了就不再提了？她们都走远了，有什么事情你说吧。托尼，不行你现在去帮罗莎叫一下那些鱼贩。"

"不用，不用了……托尼，你不用去找她们，不过，你去帮我找一下泽法。你说是神父叫她过来的，快去啊。"罗莎对托尼说。

"事情当然没有过去，到底怎么回事啊？托尼，你也不要去叫泽法。"

伊萨贝尔不喜欢那种躲躲藏藏式的交谈，所以，有些着急地说：

"好邻居罗莎，如果让我评选世界上最好的女人的话，你肯定不在我之后。我会义无反顾地选择你。所以我的好邻居，你在我的心里像是我的亲人一样，你在我的眼里已经不是我的邻居那么简单。我的丈夫出事后，你不顾自己怀孕挺着大肚子跑到市场上给我小姑子送消息，在我们这些邻居当中，还有谁愿意像你这样来帮我呢？我扪心自问，这样的人没有了。我给你讲这些话，并不是我想讨好你，也不是我自己油嘴滑舌；我只是想让你知道，你在我的心里早已经不是我的邻居，而是我的亲人。现在，你的心里有什么解不开的疙瘩和心事，你痛痛快快地给我讲出来，我不喜欢别人说话遮遮掩掩。你这样子我觉得大家都不舒服。"

这时，泽法和她的一个挚友回来了。见到泽法，罗莎便把在市场上发生的事情原原本本叙述了一遍。

说完后，罗莎又笑着对伊萨贝尔说："伊萨贝尔大姐，我已经和您说过了，这件事情已经过去了。我自己心里明白，这件事情已经过去了。发生在市场上的糗事我也不想再提了。虽然，这事让人气得咬碎钢牙，可是，她们的行为不会对我们的友谊产生任何的影响。"

　　"那就好啊……如果是这个样子，我们以后再也不要提这件事情了。我们大家都高兴啊！"

十一

实施报复计划的那天，泽法她们没有想到竟然碰见了伊济德罗那帮小混混——一边是小混混地痞无赖组成的流氓团伙，一边是苏埃罗村子的渔妇们组成的报复团队。

伊济德罗有一个非常要好的朋友叫莫尼兹。在伊济德罗参与过的打架中，从来没有少过他的身影，他可谓是伊济德罗的忠实战友。

那天，伊济德罗和莫尼兹两个人偷偷地跟在老头卡尔瓦里奥的后边，伺机再逞凶。可是，这次他们和两个强壮的中年渔妇撞见了——两个渔妇正在四处寻找伊济德罗一伙。小混混伊济德罗觉得情形不好，想要跑去召集他的狐朋狗友，但是，他的想法被老头卡尔瓦里奥猜到了。老头跑过去，站在小混混的面前，伸手抓住了他，接着，开始让他见识自己手掌的厉害。

伊济德罗被他打懵了，他一边往后退一边大叫：

"你们要群殴我啊，你们要杀人啊！救命啊！救命啊！"伊济德罗一边叫一边还试图逃跑。两个女人也围了过来，对着他拳打脚踢，只听到"砰、啪"的声音。

愤怒的卡尔瓦里奥和两个渔妇把伊济德罗围在中间，不停地施展着各自的"功夫强项"。一会儿把他抬起来，一会儿又把他扔到地上。随后，又是对他一顿毒打。有人用巴掌打，有人用头顶，还有人用做鱼汤的铝盆朝伊济德罗的身上击打。尽管他们三个没有能抓住莫尼兹，但是，他们已经觉得非常知足了。

老头卡尔瓦里奥用他身上的皮带抽打伊济德罗。村子里的孩子们捡起地上的石子砸向小混混。一些不知事情原委的人们以为那个小混混是一个强奸渔妇的强奸犯，于是所有人都开始拿石子投向小混混，那情景像下雨一样——这个也是苏埃罗村子约定俗成的对待强奸犯的惩罚方式。

小混混伊济德罗已经被打惨了。虽然他是流氓团伙的头头，但是他已经经受不住了。他感到全身疼痛，便开始向卡尔瓦里奥和其他两个女人求饶，并请在场的人们帮助他。可是，渔妇们和卡尔瓦里奥还非常生气，三个人把伊济德罗从头到脚给打了一个遍。

他们三人拳打脚踢，用手中的铝盆和皮带不时地抽打他。伊济德罗到后来连苦苦求饶的力气也没有了，还一度昏死过去。伊济德罗以前总是和自己的狐朋狗友聚在一起为非作歹。他们盘踞在桑比赞卡村、卡普托村、马尔萨尔村、因地热纳村和卡森加村，坏事做尽。但是，此时此刻，伊济德罗在挨打时，他的小伙伴们却没有及时出现。伊济德罗觉得自己全身的血液循环好似停止了一样，眼睛也像是被一块黑布蒙住了，眼前一片昏暗，看见的事物都出现了重影。他就尽力去阻挡打过来的拳头和踢过来的腿，最大限度地保护自己。但是，当他终于看到自己的同伙出现在人群中时，他一下子失去了自我防卫的力气。与此同时，老头卡尔瓦里奥又重重地抽了他最后一皮带。接着，老头便开始对付起从背后过来的其他小混混——这个时候的老头子也失去了刚刚打人时的勇气。

十二

在苏埃罗村，或者说在乡村，打架就是那个样子。没有人可以在厮打中保持中立，或者说左右逢源。当发生重大冲突的时候，苏埃罗村的商店老板布兰科会赶紧让所有的顾客都躲进自己的商店里面，然后用一根很粗很长的棍子顶上店门，防止流氓冲进来。有时候，他还让顾客们将一旁的大鼓滚动过来顶住木门。屋里的女人们手里都拿着猎枪自我防卫，布兰科则会跑到里屋打电话报警。

此时，布兰科非常地担心，因为，渔妇和小混混的这场战斗就发生在他商店的附近。他跑过去看到底发生了什么事情——其实他心里也很忐忑，不知道是去看好还是不去看好，但他只能看见地上荡起了灰尘，听见他们双方厮打时的声音——他们互相殴打时发出的"啪啪"的声音，以及相互用头顶撞对方发出的"砰砰"声。店主犹豫着是劝阻这场战斗，还是该尽快逃离这是非之地。最后，他决定和他的家人待在一起，不帮任何一方。因为，他的哥哥卡库鲁曾经和他说过，碰见此类事件要避而远之。卡库鲁是当地的一个大商人，他曾告诉布兰科，很多小斗争后来演变成家庭之间的大混战。

布兰科报警之后，找到一把猎枪。他拿着猎枪对准混战的人群命令他们全部停手。但是，他并没有开枪射击；因为，在这混战的人群中他看见一个熟悉的面孔——泽法，那个非常出名的鱼贩泽法。他是她的老主顾，他们两个人总是能在酒吧、商店、市场、狂欢节的舞蹈秀等地方遇见。布兰科没有把手放在猎枪的扳机上，他对躲藏在商店里的女人说，一个团伙的带头人竟然是鼎鼎大名的渔妇泽法。

渔妇们在苏埃罗这个村子里展示了她们自己的勇敢和气势。她们说，在这里男人能做的事情，女人们也照样能做；那些揉眼睛的男人们，会更加看不清真实的世界。人们相信，这些女人有能力把这些混蛋小流氓们打回老家。这些渔妇们身手敏捷，一会儿跳到这里，一会儿又跳到那里，像是田地里健壮的野兔子。

在她们年轻的时候，她们的身体都很强壮。泽法年轻的时候，就在附近的村子里享有美名。她的名声非常好，因为她做事总是脚踏实地一步一个脚印。其他的渔妇也都是这样的女人。可以说，她们在生活中的点滴证明了这一点——她们都是好女人！她们是一帮伟大的女人，一群美丽的女人，一群拥有正能量的女人。

这些渔妇大多数是来自外省的马兰热，她们的美名从马兰热开始传播，当她们来到这个国家首府罗安达时，她们的美名也传扬到这里。虽然她们只是一帮出售海鱼的生意人，可是因为她们的美名，她们可以很安全地周游很多地方。但是，这些都是她们年轻时的事情了。现在，她们的年纪在慢慢地变大，所以，她们也都逐渐放弃旅游了。如果不是因为今天她们出手教训这些小混混，估计很多人都已经忘记了她们当年的风光和趣闻轶事。如果不是因为雅内罗那个小痞子犯下了种种错误而导致了许多恶果，估计很多人永远都不会知道在这个地方还有一群渔妇组成的妇女团。也许，永远不可能有人知道了。村子里的孩子们是在广场上听老者们讲述她们当年的"英勇事迹"的。一些孩子想追随她们的脚步，便给自己的同伴讲述泽法她们当年的"事迹"。她们的事情在小孩子们间口口相传，最后，村子里几乎没有孩子不知道关于她们的故事，甚至有的故事远播到其他村子里……

现在，渔妇们在那里跳来跳去，像田地里强壮的野兔子。尽管她们都说自己年纪大身体也不行啦，已经不是耀武扬威的年纪了；但是，她们依旧巾帼不让须眉，甚至比一些男人更利落。渔妇们在打斗中都拿出了自己的看家本领。自然而然，那些"愣头青"的小混混们被她们打得落花流水。小混混们只有眼睁睁地看着自己和同伴被这群大妈们殴打。一些小伙子一直在抱怨他们团伙的领头人，抱怨他没有给大家充分的准备时间以应对渔妇们。这一场打斗对小混混们来说实在太艰难了。那帮女人们就像受到神灵的庇护和帮助一样，战无不胜攻无不克。也可以说，她们像是被魔鬼施了魔咒一样。于是，小混混们在打斗的一开始便失去了优势。渔妇们开始寻找这个小混混团队的带头人。俗话说，擒贼先擒王。这个带头人叫卡姆阿迪，他是一个十足的大混蛋，他所有的钱都用来买红酒、香烟、啤酒等。最后，渔妇们抓住了这个名叫卡姆阿迪的混混头子，她们像教训伊济德罗一样狠狠地教训了他一顿。一旁的小混混看着自己的带头人被一帮中年妇女殴打，慌乱了起来，不知道如何才能解救他。每个人的心里都产生了一丝丝的愧疚感和羞辱感，脸上的表情也都很不自然。

突然，一个女人一巴掌把卡姆阿迪打翻在地，另外一个女人立即拿起手中的铝盆狠狠地往他的头上敲去——只听见"哐哐"的声音，混混头子被打蒙了。他试图逃离，并用胳膊等部分抵挡她们的攻击，可是，在他刚刚逃脱包围圈的时候，又有另一个女人拿着铝盆"哐"的一声打过来。小混混只能躲避着往前逃跑，但他的后背还是重重地挨了几巴掌。他的同伙也想上前帮他，但是却被一个渔妇阻挡在外围；最终，想要帮忙的小混混也只能双手抱头以求自保。小混混中有一个叫曾嘉的，打斗起来非常厉害，他用脚使劲踢渔妇的脚，渔妇则用自己的右手进行还击。渐渐的，渔妇占了上风，她屡次躲过曾嘉的拳头并对曾嘉施以重拳，打得曾嘉毫无还手之力，只能伺机从地上抓起一把沙子撒向渔妇，他以为这样可以让他能迅速地逃离。但是，这把沙子没有起到任何的作用，如排山倒海之势的巴掌还是打在了他身上。小混混曾嘉本来还想躲闪，但渔妇总是能抓住机会先发制人。所以，他被渔妇打得满地打滚。但他也抓住了这个机会，躺在地上施展出"驴打滚"一招，使得渔妇们不能靠近他。随后，他又伺机起身逃跑，却不料正好和自己的伙伴不偏不倚撞在一起，两个人都摔得四脚朝天。在场看热闹的人们都呵呵大笑起来。两个摔倒的小伙子又羞又急都成了大红脸。

此时，四处都是喊打喊杀的声音。小混混们的人数众多，渔妇们却只有七个人；但是，这又能说明什么呢？谁说过战场上人员众多就能取得胜利呢？有趣的是，渔妇们不单单是生气那么简单。玛丽亚·西玛大娘和他们理论的时候，气得狠，讲话讲得嘴角全是白沫，她像一头凶猛的动物般在那里大喊大叫、上蹿下跳。直到其他的渔妇过来劝她，她才慢慢地平静下来。站在一旁的泽法则微笑着看着大家，她说：

"这些不懂事的小流氓，让他们见识一下年轻的我们。那个时候的我们是多么勇敢，被人打到身上根本不知道疼痛。现在，即便是来再多的小伙子我们也不惧怕啊。呵呵，说实话，我们已经很长时间没有这么打架啦。"

泽法打算跟在小混混的后面进行追击，而老头卡尔瓦里奥则用手比画着让她们抓小混混的"老二"。泽法和明加两人用眼神交流了一下，在她们确定了方案后只要抓住个小混混，她们就使劲拉扯他们的宝贝，疼得他们嗷嗷直叫。

明加本来就是一个爱说爱笑的大嘴婆，当她和泽法一起抓住混混的小头头米格尔后，她们二人合力把米格尔按倒在地上，明加大妈把手放进了米格尔的裤裆里并大声地说：

"让大家看看你的宝贝！我们只是想看看你的宝贝，要不然对其他小混混不公平，这一次我们一定要让你知道我们的厉害。你这个混蛋小子坏事做尽，今天该让你受到应有的惩罚！"小伙子米格尔用尽吃奶的力气试图挣脱，但是，他的宝贝却死死地被明加抓在手里。米格尔根本没有还手的力气，只能躺在地上受她们的摆弄。结果可想而知，他人生中第二次被人抓扯自己的"老二"。当他最终挣脱女人们的包围时，整个下身陷入疼痛和麻木之中。他跳过一堵围墙，接着又穿过一处围墙，最后他消失在人们的笑声中——当他逃跑的时候一直保护着自己的"老二"。渔妇们一直在后面大喊大叫地吓唬他。那种被人扯拉宝贝的滋味，也许，只有米格尔自己知道。

后来，她们又抓住另外一个小混混，他的名字叫马里奥。看见自己被包围，他像疯了一样往外跑，那速度，好似脚下踩着"风火轮"。

再说小混混伊济德罗，他像伤兵一样在地上趴着——他陷入了昏厥，等他清醒以后才发现前来援助的伙伴们大都已经逃跑，只有贝托不小心摔倒在自己身旁。正当两个家伙惶恐不安地看着紧追不舍的渔妇时，幸运之神眷顾到了他俩——军警开着警车赶到了。渔妇们本来打算再好好教训一下他俩，可是看见军警之后也都悄悄地散开了。

那个时候，一群小孩子跑到人群中间大声地说："军警来了，军警开着吉普车过来了。"在场围观的群众、参与打斗的女人以及其他人都赶紧寻找躲藏的地方，以防军警对他们进行殴打——那段时间，政府经常来这里"抓壮丁"；所以，在场的人们都不想触霉头。

当军警们跳下警车的时候，已经看不到任何人了；所以，也没有人能够回答他们的问题。况且由于这些军警在询问老百姓问题之前，总是拿着警棍不问缘由地乱打一气；所以在军警到达目的地的时候，只见到很多扔在地上的木棍，变形的铝盆、铝锅以及皮带、石头、水罐等物品，当然还少不了一个尘土飞扬的战场。

随后，军警走到布兰科的商店里，询问他有关的情况。布兰科说是自己刚刚打电话报的警。因为，起初他以为那帮小流氓要攻击自己的商店。

"小流氓都跑到哪里了？"一名上尉问道——看来他是他们中官最大的一个。

苏埃罗村的布兰科赶紧回答说："哦，对不起，他们也不是什么小流氓，都是我们村子里的一些小伙子！那帮人我自己都认识，我有问题的时候他们还能帮助我！"

"哦，那好啊！"上尉高声说。

接着，布兰科赶紧邀请所有的军警到自己的商店里，他给每名军人拿了一瓶啤酒。军警们每天在外风吹雨打，所以他们咕咚几口就把一瓶啤酒喝光了。接着，他们走出了商店，并对布兰科说改天他们一定再来。

十三

　　马里奥是这个村子里身体最强壮的年轻人之一。在他的打架生涯中，从来没有过像今天这样的失败。因为，以前打架时，即便就剩他一个人，他也会坚持到最后一分钟。很多次，他面对对手中的木棒和刀子也能坚持着战斗到最后一分钟，他从未退缩过。但是，在苏埃罗村的这场雌雄大战中，他却提前结束了自己的战斗。马里奥为什么提前退缩？也可能他心里明白自己不是女人的对手。虽然他是第一个抵达打架现场的小伙子，可是他也是第一个快速逃离现场的人。尽管身材魁梧，可是他逃跑的速度却是这群小伙子当中最快的。在这场打斗中坚持到最后的几个人是伊济德罗、贝托、阿玛德乌、若阿基多、洛洛、马诺－马诺、泽菲力诺等，他们没有一个像马里奥那样强壮。但是相比之下，他们却都比马里奥更"莽撞"。马里奥逃跑也许是因为他见识过米格尔的遭遇。米格尔是第一个被渔妇们在广场上擒拿住的人，也是第一个逃跑的人。但是，米格尔是米格尔，马里奥是马里奥。马里奥在小混混当中的名气很旺，但是他还不能在苏埃罗村子里称王称霸。再说，那帮勇敢的渔妇们根本不惧怕身材魁梧的马里奥。

小伙子马里奥回到家里，坐在屋里查看身上的伤口，他对刚刚发生的事情感到羞愧。他自己逃跑了，可是还有很多同伴落入了虎口。是的，可以说，是他把自己的同伴留在了"老虎的口中"。不管他们是落入"虎口"还是"鳄鱼的口中"，结果是可以预料的，一定是被那帮女人狠狠地暴打一顿。

但是马里奥又想，自己也是这个村子里一个普通的村民，也没有能力去对抗那么凶悍的渔妇们。

他和其他伙伴聚集在一起的时候，所有的人都不接受他的解释。他们已经知道他逃跑的整个经过——他们听村子的一位老者讲述了马里奥逃跑的全过程。

说实话，谁又想逃跑呢？马里奥试图把自己的事情给他们讲述一遍，可是，他却看到不远处有三位老者。他们是热热老头、米莱克斯老头，最后一位是金比托老先生。

但是，这些老人怎么会出现在这里？他们都是苏埃罗村子的人啊！他们都不住在这里，怎么会突然出现在他的面前？啊！如果真的是他们当中的一个，那他肯定是遇到鬼了。"大吉大利，鬼怪莫扰。"马里奥一边走一边口中念着吉祥话。走了一会儿，大街上来了一个小伙子，他朝着马里奥走过去对他说：

"马里奥，十万火急啊，你听见米莱克斯老头在讲话吗？"

"他给你说什么啊？米莱克斯老头在哪里啊？"

"他现在就在巴罗斯先生的家里做客，他说他看见你在苏埃罗村打架的时候灰头土脸地逃跑了。还有另外三个小伙子，叫米格尔、卡马内泽、明吉图也跟着你逃之夭夭。他还说了很多关于你的糗事。那里聚集了很多人呢，米莱克斯老头坐在人群当中讲述你们打架的事情啊。"

"巴罗斯先生的几个女儿在家里吗？"

"我没有看见，但是，我觉得她们应该都在家里啊。"

马里奥的头好像被石头狠狠地撞击了一样。他从家里的工具箱中找到一根最粗的钢丝绳，然后把钢丝绳缠绕在自己的手上走出了家门。

"我从来没有像今天这样丢脸，而且还被那么多人耻笑！龟孙子，今天我一定给你点颜色瞧瞧。"马里奥嘴里嘟囔着走了出去。

当马里奥得知自己打架逃跑的事情，成为大家茶余饭后八卦的新闻时，他气得像个吹鼓的皮球，径直跑到了巴罗斯先生的家里。也不知道是米莱克斯老头运好还是运蹇，也不知道是马里奥的运好还是运蹇，因为，当马里奥赶到巴罗斯家里的时候，米莱克斯老先生已经出门了。

"什么，他竟然出去啦？那个老头到底去哪里了？"马里奥问道。

"当然是回他自己的家了。"旁边的朋友回答。

马里奥并没有做任何的停留，推开巴罗斯家的大门冲了出去。当他抵达米莱克斯家门口的时候，他敲了三下院门。只听里面问道：

"谁啊？"

"是我啊！"

"你是谁啊？"屋里人又问道。

"我是多纳纳的儿子马里奥。"

"哦，那你自己进来吧。"

小伙子马里奥进了院门。但是，他并没有向任何人打招呼问好，而是直接问道：

"这里是米莱克斯老头的家吗？"卡蒂是米莱克斯老头的老伴，她非常不喜欢这种没有礼貌的说话方式；但是，她还是回答了马里奥的问话。她说："我们家老头子米莱克斯现在不在家，刚刚出去不久。至于他什么时间能回来我并不是很清楚，不过，我可以告诉你，他临走之前说他要去桑比赞卡村。"

"这个该死的老头！"当马里奥听到米莱克斯已经去桑比赞卡时就顺口骂了一句，"我在哪里才能找到那个老头啊？"他靠着院墙处的一个小门站着，整个人显得非常乖戾，仿佛要嚼碎自己的钢牙。他接着说："我今天一定要抓住那个龟孙子，让他看看我真正的实力。老虎不发威，他以为我是病猫啊！"

"你说谁是龟孙子啊？你在这里嘟嘟囔囔的也就算了；现在，你还竟然没有礼貌、没有教养，你以为这里的人都死光了吗？你在这里说什么龟孙子！有你这么没有礼貌的年轻人吗？"米莱克斯的女人卡蒂责骂道。

"你不要在这里添乱，我的事情和你的丈夫有关。"

"你说我不要在这里添乱，是吗？一个乳臭未干的小毛孩子还敢命令我。你说不让我参与什么啊？"卡蒂老太太生气地说。

"我已经跟你说过了，这件事情和你无关，你别添乱。大妈，你听见我的话了吗？"

"你想对我的丈夫怎么样啊？难道，你要在这里龟孙子长龟孙子短地叫下去吗？我告诉你，我可不是好欺负的女人。"

"谁说我的儿子是龟孙子啊？"基诺卡老太太在屋里问道。那时，基诺卡老奶奶正坐在屋里面。

"那个小混蛋马里奥。"卡蒂大娘回答说。

"卡蒂大娘，我可不是什么小混蛋。"马里奥威胁着说。

卡蒂大娘则郑重地说："你就是一个混蛋，而且，还是一个不折不扣的混蛋。"

"你们别吵了。刚刚到底是谁在叫我的儿子是龟孙子啊，到底谁啊？卡蒂，你难道没有听见吗？你听见我的问话了吗？"

小伙子马里奥试图溜走，可是，基诺卡老奶奶已经走出了屋子。

"我已经和你说了，是马里奥说的脏话。"卡蒂回答说。

"可是，你说的马里奥是哪一个马里奥啊？"

"他的妈妈叫多纳纳，姐姐叫特雷莎·巴央。"

"哦，是那个马里奥啊。他是不是要疯啦？"说着，老奶奶基诺卡眯缝着眼睛寻找着马里奥。

"现在，他在哪里啊？"

卡蒂扭头去看，原来马里奥还是趁机溜了。

"他走了。他看见你从屋里出来了，赶紧逃跑了。"

"那个混蛋小子，从他妈妈多纳纳的肚子里爬出来，是要他母亲把脸丢尽吗？真是一个地地道道的垃圾虫。等着吧，如果让我再次碰见他，一定让他尝尝我的厉害。我教教他以后怎么和大人礼貌地讲话。马里奥来家里到底要干什么啊？"老奶奶说道。

"嗨，还不是因为你儿子米莱克斯和很多人讲述他们在兰热镇苏埃罗村子和渔妇们打架的事情啊！"

"你看看！我就觉得这其中一定有什么问题。但是，事情难道可以这么解决吗？这帮小混混、人渣，卡蒂，你为什么不拿啤酒瓶子把他的头给我打破。你没有看见那边地上放着那么多空啤酒瓶子吗？至少，你要好好地教育一下那个不懂礼貌的小流氓。他就是垃圾。难道他的母亲把他生下来是让他和别人打架的吗？我不知道多纳纳是怎么教育自己孩子的。真是有人生没人养的货。那些女人一天到晚只知道炫耀自己得到了什么，赚了多少钱。可是，她们却看不见自己失去了很多有价值的东西。等着瞧吧，总有一天她们会后悔的。那些天天只知道打打杀杀的小流氓们难道以为打架是一种职业吗？如果他们有用不完的力气，为什么不去和巨大的面包树比比力气。我虽然年纪大了，可是，我的心里很清楚。如果想在我的家里耍流氓，他是找错地方了……"

　　一个邻居来到基诺卡的家里想借一些玉米粉做鱼汤，正听到基诺卡说那些话，便问道："基诺卡老太太，家里发生什么事情啊？"顿了顿，邻居问，"这个时间是谁给你找不痛快啊？我来这里是想跟你借点东西，谁不知道你是咱们村子里的大善人。他们整天都在说你是怎么乐善好施，所以很多人都跟你一样，每个星期都要到教堂做礼拜。但是，以后我不再去教堂啦。因为，我只要去教堂便会听到那帮邻居们在向上帝祈祷抱怨。所以，我再也不想去教堂了。说到一些不懂事的小毛孩更是让人生气，有些孩子没有一点礼貌。比如多纳纳家的马里奥，他最好为自己祈祷吧。以后，不要再让我在大街上看见他，不然，我一定要好好收拾他——小混混，一天到晚脏话满天飞，根本不懂为人处世。当然，我自己也是一个总讲脏话的人，所以，我根本不适合去教堂里做礼拜，我也不能忍受那里天主教式的生活。自从我降生就从未是教堂的朋友。我喜欢这种无拘无束的生活。难道，我每天都去教堂祈祷就有人给我玉米粉吃吗？也许，那些做做礼拜的邻居是这么幻想的，他们都像你一样是虔诚的信徒啊。不过，他们有时候也会在背后戳你的脊梁骨。"

邻居在发表完自己的看法之后，想听听基诺卡老太太的看法和意见，便说：

"哎呀，你看看我，总是自顾自地说。到现在还没有向你问好。老邻居，下午好啊！"

"是啊，下午好，我的好邻居！"

"老太太，牙疼的老毛病好了吗？"

"哎呀，我的好邻居啊！我的牙疼病总是时好时坏。不过，现在我的牙暂时不疼了。不过，这几天我睡觉的质量不是很好，总是不到天亮就醒了。"

女邻居问道："很多事情你可千万不要放在心上，不然容易上火啊。你刚刚是跟谁生气呢？"

"嗨，还不是那个多纳纳家的小流氓马里奥。小流氓来我们家里找人，可是，一进门满口的污言秽语，一点礼貌都没有。他为什么那么没有礼貌啊？真是有人生没人养的东西！简直是一个垃圾！他运气好，我的儿子米莱克斯不在，不然，有他好果子吃的。"

"哦哦！原来是这样的啊！难道那个小流氓脑子进水了吗？"

"什么脑子进水啊，我估计是他脑子烧坏啦！"

"也许是大麻在作怪。这帮小混混到底是从哪里买到的大麻呢？这些东西只有黑社会才有啊，也只有土匪流氓才吸食大麻。"女邻居又说道。

"啊！你还不知道吗？"基诺卡老太太惊讶地看着身边的邻居，然后她往邻居的身边靠了靠，轻声细语地说，"在这个村子里有一个小伙子专干这种勾当，你难道不知道吗？"

女邻居也同样轻声细语地说："基诺卡老太太，这事我真不知道！难道你知道是谁在贩卖大麻？可是，你从来没有跟我说过！我们两家门对门，可你从来没有跟我说过。你不跟我说，所以，我也从来都不知道这件事情啊。"

"嗨，是那个玛达雷纳的儿子，他叫博尔吉。"

"啊？！基诺卡老太太，你说的是真的吗？"女邻居惊讶地问。

"我跟你说的可是千真万确啊……那个小伙子可是个十足的人渣。"

女邻居又追问道："基诺卡老太太，你说的是真的？为什么他要在自己的村子里售卖大麻给年轻人呢？"

"天底下没有不透风的墙。这个世界上只有藏住的饭，却没有藏住的话。"基诺卡老太太说。

"哎呀……但是，这件事真的是博尔吉做的吗？"

"我的好邻居，关于这件事情我可以在上帝和圣母玛利亚的面前向你保证，信息完全属实。如果我撒谎的话，就让我……"

"但是，这件事绝对让人难以想象啊。"

"这些都是我亲眼所见。"老太太坚定地说。

"你亲眼看见他们的勾当了？！"

基诺卡老太太抬头看了看自己的儿媳妇，走进了院子，然后又慢慢腾腾地走回来。走到屋门口时她又小声说："我那个混账儿子米莱克斯，有一次，我亲眼看见他从博尔吉的手里买了一小包大麻。"

"一小包大麻？！"女邻居和老太太靠得更近了。老太太又降低声音说："老邻居，这件事情只有天知地知你知我知，可千万不能和其他人讲啊。当时，他打开了小包，我才知道是大麻。"

"老太太，这件事情是真的吗？"

"你听着，这件事可千万不能外传啊。"老太太小心地说。

"是啊，你放心！我肯定不和任何人说。"女邻居脸挨脸地和老太太坐在一起。

"有一次，我问我的儿子谁卖给他的大麻，又问他博尔吉来这里干什么……"

"到底是谁啊？"女邻居追问说。

"就是博尔吉卖给他的大麻。"

"哎呀，我的上帝啊！这孩子为什么要在这里卖大麻啊？他应该知道大麻对人的损伤是多么巨大。你说是不是啊？"女邻居愤怒地说。

"是啊！我的好邻居。谁不知道它的危害啊。只要抽了大麻，你还能留下什么呢？我对大麻一点都不感兴趣。当我的儿子回答说是博尔吉的时候，我对博尔吉说，滚出我的院子。"

"真的吗？"

"是啊，我当时对博尔吉发威啦。让他拿着自己的东西滚出我的家门。我警告他，在我没有把他的头打烂之前立即滚出我的家！……"

"是啊？"

"我的儿子跟我说，他去博尔吉那里不是为了抽大麻，而是去帮他卖东西。你说我能相信他的话吗？哼！"

"是啊！你说得对啊！"

"博尔吉这种人已经是没了良心了。我一点好脸色都没给他。"基诺卡老太太生气地说。

"对！基诺卡老太太，这件事情你做得非常对。"

"好邻居，在毒品方面千万不能放之任之，因为它的危害巨大。"

"是啊，你做得非常对！如果换成是我，我也会像您一样做。"

"我还去了那些小混混的家里，让他们的母亲好好管教自己的孩子。告诉她们，今天你的孩子抽了大麻，明天就不知道他们能做出什么坏事！"边说老太太边激动地用手拍打着身边的土墙。

"这样的事情在我们村子里出现太多啦。"

"是啊！所以你想，我是在撒谎吗？"

"我知道你说的是大实话！基诺卡老太太，您说得对啊。"

"喂，好邻居，你一直在这里说这件事，你忘了你来这里是做什么的吗？你不是来我家里借玉米粉吗？你稍等啊……"随后，基诺卡老太太大声叫道，"米莱克斯那口子！"

"哎呀，是啊！我忘记了来你们家是来借玉米粉的啊。"

老太太又大声叫起来："米莱克斯家里的！卡蒂！这个孩子不是刚刚还在屋里吗？"

"也许，她刚刚出去了。"邻居回答说。

"哦，那你稍等啊，我去给你拿玉米粉啊。"

不一会儿，老太太拿着袋玉米粉走出来，口中说：

"好邻居，我能给你的不多，因为我们家里的玉米粉也不多啦。"

"老太太，你给的这些玉米粉够我们吃了。"女邻居接过玉米粉，又接着说，"那好吧，我先回去了。烧饭的锅还在火上，我在这里耽搁那么长时间不知道锅里的食物煳了没有。"

事实上，女邻居是想赶紧离开了，因为她听见她的儿子在家里大叫：

"妈妈，妈妈！锅快烧着啦。你是去哪里聊天了……"

邻居边走边喊："好了好了，我马上回去啊！我出来的时候已经把火调到最小了，怎么会烧着啊？"

女邻居的儿子大声说："你不相信赶紧回来看看，难道是我在撒谎？！"

"好好好！我马上过来。"

十四

　　小混混马里奥从米莱克斯的家里出来后，并没有停止寻仇。他想，若加快脚步或许能赶上那个去桑比赞卡的米莱克斯。他对这里的地形和街道非常熟悉，他可以走小路抄近道，当他穿过中央大街后便可以到达桑比赞卡村。忽然，他想起桑比赞卡村有一个名叫"二十侠"的团伙。很早之前，他们曾邀请马里奥加入他们的帮派；但是，他一口回绝了。想到这里马里奥心中有点犹豫，他怕节外生枝。可现在他怒火中烧，导致他生气的最大原因是他的虚荣心受到伤害，谁能浇灭他的怒火呢？到底是谁呢？马里奥呆呆地站在大街上，他想啊，想啊，终于明白了：

　　"啊，我知道应该去找谁算这笔账了。这件事是因谁而起，就应该去找谁。我应该拿手中的钢丝绳把那个家伙捆起来，都因为他才出现这么多的问题。"

　　马里奥加快步伐赶往他们经常聚集的地方，想把雅内罗给抓起来——这件事的起因是雅内罗，以至现在的自己如此狼狈不堪。所以，他想把雅内罗抓起来教训一顿。

小伙子雅内罗在这村子里耍滑头是出了名的，跑起来两脚生风。所以，想抓住他也是非常困难的。

马里奥在附近几个村子做过很多的坏事，所以，他打这些村子的大街小巷经过时都非常小心谨慎。小混混马里奥爱开玩笑，但他警惕性很高，他的朋友们经常给他发送暗号，以免他被仇家报复。记得有一次，他是靠同伴西蒙·维罗斯卡的一声口哨暗号，才避免了一场血光之灾的。马里奥到达小混混聚集地的时候，并没有找到雅内罗。

"雅内罗去哪里了？"马里奥生气地问。

"他回自己的家了！"

"混账东西！……他走了有多长时间啊？"

"没有多长时间，他刚刚才回去。"

听到这里马里奥朝着雅内罗家的方向跑去。看到这个气势汹汹、手上缠绕钢丝绳的小伙子，小孩子们很奇怪，像看热闹一样跟在他的身后。当他抵达雅内罗家的时候，他一脚把院门踢开。院门原本是虚掩了的，所以脚踢一下子便敞开了——真不知道马里奥到底是哪条神经搭错了，刚刚和一帮渔妇大妈们打完一仗，现在又到雅内罗的家里发神经。

在打斗中受伤的一些小混混当天闲来无事正聚集在雅内罗的家里聊天，他们或卧或坐在无花果树下的沙地上乘凉，有的人头上还缠着绷带。

马里奥站在门口，感觉自己全身都被汗水浸透了，估计流出的汗水足足可以装满两个啤酒瓶。在自己的同伴面前，马里奥心中没有了愤怒，只剩下愧疚和难为情。

一些同伴眼睛直勾勾地看着他，另一些同伴则假装躺在地上睡觉没有看见他。当时的场面十分尴尬，马里奥只能鼓足勇气给自己找个台阶下，他大声说：

"那些孩子没有跟我说你们大家伙都在这里……"

"哎哟哟！你们快看看我们的大英雄马里奥来啦。"一些人大叫着。

"哦，他是逃跑健将马里奥，或者是翻围墙高手，还是跨栏冠军马里奥啊！"

"靠，你们少在这里说风凉话，好不好？如果你们想打一架，我奉陪到底。"马里奥威胁说。

一些小伙子不再出声了，保持沉默。另一些当时在场的小混混们则一直啰嗦不停：

"不知道你们相信吗，我猜他这次过来是要教训雅内罗。"

"你们几个赶紧给我滚远远的，你们喜欢在这里看我出丑吗？"马里奥又一次开始威胁身边的小伙伴们。同时，他的心里也充满了羞愧感。

"嗨，马里奥老弟，你给我们说说，你来这里干什么啊？为什么不把你的真实想法说一下啊？"

"对啊，马里奥老兄。你把自己的来意实话实说吧。"雅内罗出现了。

"你可以说是来这里找雅内罗算账的，你这样的行为让我们都觉得丢脸啊。"

"呵呵呵！"一些小伙子笑了起来，本来一些儿不想笑的人也随着笑声笑了起来。

马里奥飞身跳起来，朝着刚刚说话的小伙子雅内罗大吼一声。雅内罗赶紧摆好自卫的架势。哦哦哦哦哦！在场的小伙子们都在那里加油助威。雅内罗不小心摔倒在地，他双手撑着地面急忙站起来，随后，他们两个人在那里开始你追我赶。

　　"你们两个人是在玩丢手绢吗？"一个准备离开的小伙子问道，说完他翻墙离开了。

　　"对对对，快抓住他啊！"一些小伙子起哄着。

　　"如果再让我看见你，一定把你的脸打成猪脸，然后，我再跟你的哥哥理论一下。"马里奥警告雅内罗。

　　雅内罗的心里一直在打鼓，汗珠子从两颊流了下来。他感觉自己奔跑的时候双脚已经离开了地面，他知道如果以后碰见马里奥肯定没好果子吃。雅内罗跑得很快，马里奥眼看追不上了。

　　小伙子雅内罗远远地站在小巷的巷口，心里盘算着那帮混混会不会合伙揍他。当他看见吉塔·卡佐拉老太太从不远处走过来时才赶紧离开。

　　"嗨，马里奥，你赶紧翻围墙逃走吧。你看看，吉塔·卡佐拉过来了。"

　　"哼，她来了能把我怎么样啊？"马里奥不悦地说。

　　"怎么样？我不知道，估计让你饱尝一顿巴掌。"

　　"呵呵呵！那个小哥们可不好惹啊！"在场的小混混又一次笑了起来。

　　"洛洛，你的兄弟成了一个大笑话了。"

　　他们在向洛洛说话的时候，洛洛正坐在沙地上。他本来是这个地段小流氓的头头，像另外几个小伙子，如伊济德罗、阿玛德乌、马诺－马诺、若阿基多、贝托一样，他们都是这个流氓团伙的小头头。

这时，吉塔·卡佐拉老太太赶到了，她大声地说：

"你们在这里是不是要展开大屠杀啊？这么多人对付一个小孩子。我一直在注意你们。雅内罗不是你们任何人想打就打的木鼓。如果有一天他生了病，你们谁都逃脱不了干系。如果他生了病谁去给他看病啊？还不是我背着去医院。我可不想看到你们这些混账东西在这里兴风作浪。我告诉你们，如果以后有人胆敢欺负他，我就给你们一人打一针。"

接着，吉塔·卡佐拉开始在院门口大声喊叫：

"混账东西，这帮混账垃圾！"

老太太进门之后，停在自己家的水桶前面，整个人气得颜色都变了，她靠近马里奥大声说：

"你想对雅内罗怎么样啊？"

"吉塔·卡佐拉夫人，你在说什么啊？我不知道你在说什么。"

"你是不是想拿着你的钢丝绳绑我的小孩子啊？我是让你过来捆绑我的孩子，你有这个胆子吗？"

"吉塔·卡佐拉夫人，你怎么说话这么没有礼貌啊？"马里奥说道。

"你不是要用钢丝绳抓那个孩子吗？"

"吉塔·卡佐拉大娘，请你说话礼貌些……"

"你告诉我啊，你是不是要抓我的孩子？"

于是，整个院子里像割面包果那样炸了起来，大家都在呵呵大笑。可悲的是，所有的孩子都非常喜欢这种混乱。

吉塔·卡佐拉对身边的雅内罗说："你跟我说啊，他刚才是不是在抓你？"

"我不知道你在说什么，我怎么回答你的问题啊？"雅内罗说。

"不管你怎么回答我的问题，我只想让你回答他是不是在追你，是不是要把你抓起来啊？"

"你让我回答，我只能说刚刚他是在这里抓我……"吉塔·卡佐拉听了雅内罗的回答心里很生气。

"你的回答是不是符合我的意思啊？！我只是想知道刚刚马里奥是不是在这里追逐着打你。马里奥是怎么殴打你的？"吉塔·卡佐拉又问道。

"吉塔·卡佐拉舅妈，你听我说。马里奥是想抓我，可是，他并没有抓到我……还有，以后不要再说'抓'那个词，实在是太难听。吉塔舅妈，你喜欢帮我们打抱不平，我心里很感谢，但是，请你以后说话要注意礼貌用语。"雅内罗在一旁说。

"我在这里警告你们啊，雅内罗是我的外甥。如果让我看见你们欺负他，小心你们的脑袋。一帮烂货，一天到晚吊儿郎当，什么工作都不干，只知道在这里欺负年纪小的人。难道就因为他们讲了实话你们就要殴打他们？你们要是让我看见……"吉塔·卡佐拉对着马里奥等人大声说道。

马里奥大声地说："吉塔·卡佐拉大娘，我本人从来没有吊儿郎当。"

"你去吃屎，别在这里假装清纯！你手里拿着的那个钢丝绳是做什么的啊，不是想打孩子吗？难道，你现在的行为是正常人做得出的吗？还说自己不吊儿郎当！"

"吉塔·卡佐拉大娘，你什么时间看见我打孩子了？"

"你不打小孩子，为什么你会出现在这里啊？"

"我在这里等我的朋友伊济德罗。"

"你在这里等伊济德罗又干什么啊？再说伊济德罗是个混混，他跟你一模一样。"

伊济德罗不断地找着机会，他想找个台阶给他的朋友马里奥。再三思索后，他站起来第一次大声地说：

"舅妈，你就别在这里浪费时间了。该回家做木薯糊糊饭了，我现在快饿死啦……"

"估计你快死了。你看看你现在抽烟抽成什么样子了。"

"舅妈，你说我抽什么烟啊？！难道，你以为我在这里抽烟吗？你可千万别这么说啊！"

"为什么不让我说，每个星期一你的朋友都会来这里，而且，总是在这里停留一段时间，你告诉我为什么？你们这帮混蛋二流子。"

"星期一的时候我哪个朋友到这里来啦？"

"那个普雷拉。这几天你们几个人没有在村子里见到他吗？"

"你是说他带坏我们吗？你能不能一天到晚别听你那些邻居在这里风言风语啊。你是一个警察的老婆，能不能说话讲点证据啊。"

"我说的这些难道不是证据吗？"

"舅妈，你又听那些好邻居讲我们的坏话。你要知道，我们舅舅他从来都不喜欢听别人传播谣言啊。"

他们的谈话一下子转到了吉塔·卡佐拉丈夫卡斯特罗的身上。

这时，卡斯特罗的表弟亚当·马布恩泽先生正巧打院前经过，看见院子里站满人，有老也有少，他以为家里发生了打斗。原来他的家里也曾经发生过这样的事情，所以他努力扒开人群走了进去。

"家里出什么问题啦？"亚当·马布恩泽问。

"没有什么，亚当，家里没有出什么问题。"吉塔·卡佐拉回答说。

"没出什么事情，为什么家里聚集了这么多人啊？"

"有人说在这里抓了一头野猪，所以，他们很多人跑过来看热闹。他们几个人抓到的野猪。"吉塔指了指着眼前的小混混们说。

"哦，没事就好。现在这些小伙子也懂得抓野猪了，都有自己的一把力气了。对了，卡斯特罗表哥回来了吗？"亚当问道。

"他还没有到家啊！你不坐一会儿吗？"吉塔问。

"哦，不啦。等他回来时告诉他一声，让他去我家里一趟，我找他有事商量。"

"好的，等他回来我一定转告。"

等亚当走出大门，吉塔·卡佐拉又提高声音说："刚刚我们的谈话让亚当打断了。像你们这些小流氓啊……我准备把你们送到阿南哥拉村，我看你们以后还怎么兴风作浪。"

"谁要去阿南哥拉村啊？我才不去呢！"小伙子雅内罗摇着头说。

小伙子伊济德罗喜欢这个主意，他站在一旁直拍巴掌大声说：

"好主意啊！我觉得应该把弟弟雅内罗送到阿南哥拉村。在这里，他去学校的时候从来不知道专心读书。他只有在星期天的时候才高兴，因为那天他可以痛痛快快地玩——他会跑出去偷别人家的鸽子。有时候，他向学校的老师撒谎，不去学校上课；而且，他还经常逃学旷课。放学后，他还向家长撒谎说学校没有课程安排。舅妈，你好好想想，这样子上学能学到什么东西？阿南哥拉村比这里安静，小孩子们的整体素质也比这里的孩子们高。我觉得把他送到那里是个好的决定。加上弗兰西斯卡的严加看管，可以说这是一件大好事。有人看管，他不会总是想着出去玩。再说，他和我们这种人在一起能好嘛……"

伊济德罗把自己想说的理由一一说出。他没有看站在自己身后的雅内罗。

雅内罗变成一个小混混和他这个帮派小头头的哥哥脱不了干系。现在连他自己也同意把雅内罗送往比较远的地方，以免影响他的学业。

"舅妈，你准备什么时候把雅内罗送到阿南哥拉村啊？"伊济德罗问。

"好了，你别吵了。"吉塔·卡佐拉不耐烦地说。

"怎么说我吵啊？！他应该去那里上学，而且，他必须去上学。"

"雅内罗去那里上学是肯定的，不过去了之后怎么办呢？这件事我已经思考了一个月了。你姐姐想让我把雅内罗留在那里，这样她的小卡洛斯也不再孤单……再说，那里的确比这里环境好啊。"

"对啊，难道我说得不对吗？那个地方要比这里安静得多。如果小孩子去那里上学，一定能学到很多知识。"

"我不去。你们别想让我去那里啊。"小伙子雅内罗一直拒绝他们的提议。

"你还是去那里上学吧。你在这里能学到什么啊？舅妈，你可千万不要改变主意。你知道我的姐姐已经跟你说了很长时间，你可不能拒绝她的好意，也不能错过这个天大的好机会。而且，霍尔海也会替你管教他。你就放心让他去吧……实在不行我帮你把他送到那里去。"

"渔妇们也会让你放心吧？！你到底在想什么……"雅内罗冲着伊济德罗说道。

伊济德罗转过警察舅舅留在那里的小木箱子，一下子站在雅内罗的身后想要抓住他。可是，雅内罗的动作更加敏捷，"飕"的一声跑到了大街上。

"你快回来啊，省得我生气。不然，我把你屁股打烂。"伊济德罗威胁说。

这个时候吉塔·卡佐拉跑过去保护着雅内罗说：

"你打他屁股试试，你这个小混蛋，打你弟弟试试？！难道你除了打架什么都不懂吗？"

"我什么都不懂，可是，总比你这样溺爱孩子好……"

"我怎么溺爱孩子了？你说说，我怎么溺爱孩子？"

"你应该严加管教雅内罗，他做了出格的事情要慢慢地去教导他，实在不行也可以进行体罚。"

"告诉你，教导孩子绝对不可以动用武力。如果教育孩子总是使用棍棒，那么你的孩子也会和棍棒在一起。孩子的武力倾向也不会慢慢消除。"

"最好跟雅内罗说清楚，不要总是等着享受。"

吉塔·卡佐拉大声说："如果按照你的棍棒教育方法，你应该去苏埃罗村好好感谢一下那些渔妇们。去吧，去吧，因为她们刚刚教育过你们。"

"哈哈哈!"在场的人听后都笑了起来。

"现在你也该去谢谢她们,是不是啊?"伊济德罗说。

吉塔·卡佐拉郑重地说:"我去和她们说什么啊?难道以前我没有和你说过,总有一天你会被打吗?那时候你是怎么回答我的?你不是跟我说自己永远都不会出问题吗?现在,你的所作所为终于让你受到应有的惩罚。这个世界上任何一件事都会有因,有因必有果。这便是世界上的因果报应!"

现在,小伙子马里奥整个人平和了很多,不再那么疯狂了。当他看见自己手中的钢丝绳后,心里充满了悔恨。他从来没有像今天这样觉得无地自容过。他们几个头目一起决定,以后不会再拿起手中的棍子了,所以,他们的"Z"字符号也不会再出现了。他们居住的村子叫赞加多村,所以,他们用"赞"字拼音的第一个字母"Z"作为他们帮派的名称。那个时候,"Z"帮在罗安达地区都小有恶名。因为,他们去哪儿就在哪儿打架斗殴,并总是获得胜利。以前,他们总是把"Z"帮的成就挂在嘴边。可是今天,他们都在思考,"Z"帮是否继续下去呢?答案是否定的。

下 篇

小伙子雅内罗的另一面

一

然东博学校是小伙子雅内罗转往的小学。直到现在，很多村民都还记得那所小学。因为，这所学校里发生了很多让人难忘的事情。学校的旁边有很多马兰热人和卡特特人修建的房子。两个地方的人总是在此地发生争执，他们还试图拆掉这所学校。

这里还发生过让安哥拉人民难忘的抵抗葡萄牙殖民主义者的反抗运动，那时，安哥拉人民的血液在沸腾，人民揭竿而起。

殖民地时期的安哥拉人民不怕牺牲，完全把生命置之度外。可以说，安哥拉的每一寸土地上都留有人民的汗与血。一九六一年，他们手中拿着大刀、锄头、汽油桶、碎瓶子在那里抵抗殖民者的压迫和凌辱。但是，遗憾的是，那所漂亮的学校在反抗殖民主义的斗争中被毁坏了。

当雅内罗知道他的表哥霍尔海也住在阿南哥拉村时非常高兴。两个人见面时高兴得像两只调皮的松鼠，抱在一起在路中间

111

跳来跳去。后来，霍尔海邀请雅内罗到古巴扎村一起参加小伙伴之间常玩的游戏。那天，雅内罗记住了很多条马路和很多这里独具特色的舞蹈。

雅内罗到达学校的当天就喜欢上这所学校了。因为，在这里有他的表哥，所以他的心里没有一点陌生感。霍尔海给他介绍了自己最亲密的小伙伴，他们分别是西基蒂尼奥、托尼托、泽·坎布塔。不过，小伙子泽·坎布塔和雅内罗两个人之前就打过交道，所以也算是半个熟人。

雅内罗第一次到教室的时候，见到新同学、新老师他也非常喜欢。只不过，当有些新同学走过来问他问题的时候，他会有些害羞。因为，总是有新同学问他："你喜欢这个学校吗？你喜欢我们这个村子吗？你在这个村子里有什么亲戚啊？"

雅内罗来到这里后，整个人变得非常开朗；甚至，有的时候还会向陌生的同学要饼干吃。有时，他还会向同学借铅笔等物品。这都不算什么，最重要的是在课堂上，老师提问时，他会抢着回答——无论他是否知道正确的答案。不过，嬉戏打闹的时候，也少不了雅内罗的身影。踢球时间，更是成为他一展所长的时间。因为他非常喜欢踢球，是一个疯狂的球迷，他防守做得非常好。而且，他体力充沛，从球场的这边跑到那边，从球场这一处跑到那一处，总是那么迅速。西基蒂尼奥是一个躲闪灵敏的队员，在雅内罗加入之前，整个团队里数他踢得好。但是，自从雅内罗加入他们球队后，这一情形完全被改变；因为，雅内罗的球技远远在他之上。雅内罗的耐力非常好，总是能够坚持踢满全场。他的射门技术也非常好。后来，他被大家称为"射手王"。

时间慢慢地过去了，霍尔海却对他这个表弟略有些不满，因为，他总是在给他添麻烦。这可能是雅内罗的天性使然吧。

虽然，阿南哥拉村的经济发展没有赞加多村那么发达，可这个村子的生活节奏非常慢。这样大家可以尽情地去享受生活。所以，当时雅内罗的家人把他转学到阿南哥拉村是非常正确的选择。

二

　　然东博并不是这所小学的真正名字，也并不是说这所学校是然东博先生开设的。因为，然东博先生其实只是这所学校的一名老师。但是，这个村子和附近几个村子的村民们都习惯性地管这个学校叫然东博小学。在这些村子里，如果有人问他们的孩子在哪里上学，人们就会回答：在然东博小学上学。当然，小孩子们也都会说："我们在然东博小学上学、做游戏，和同伴们一起玩耍。"但实际上，没多少人真正了解那所学校。那所小学校是教会出资建设的，且只有一个教室。负责监督学校事务的神父是人民村的神父。

　　雅内罗进入这个学校以后发生了很多事情，由于他的原因学校的老师还被神父更换了。

　　事情的起因是这样的。一个星期六的上午，天空中下着雨，太阳却在黑黑的乌云后面时不时地露出火红的面孔——这样，阿南哥拉村的大地上才有了些许明亮。小孩子们高兴地大跳起来，因为这些浓密的乌云把炙热的太阳挡住了。他们拿着废弃的自行车的轮毂在大街上奔跑着玩滚铁环的游戏。有些孩子会把用过的易拉罐挂在车子上面；有些孩子则在广场踢五人制足球；还有些小孩子在垃圾堆里寻找大青虫和易拉罐的拉环以及酒瓶盖——他们捡拾这些东西是为了玩一种智力游戏。老者们大多都在忙碌地工作着，也有一些人或躲在商店里买酒润嗓子，或躲在围墙的角落里休息。家具店的老板在自己的家具店里面劳作着，手里拿着刨子等工具加工凳子、床、书柜等。在那个星期六，很多人都有些慵懒。

然东博老师正坐在教室里等待学生的父母们前来参加家长会。前几天他已经通知了家长们。今天开会主要涉及他们子女上学的问题以及新学年需要缴纳学杂费的问题。但是这个时候，然东博老师好似整个人都失去了耐心；因为他已经坐在教室里整整两个小时了，却不见有人前来参加会议。他一会儿坐下去，一会儿又站起来；一会儿又看看手上的手表，一会儿又在教室里走来走去。整个人像是热锅上的蚂蚁一样坐卧不安。

就这样，他在教室里和教室外整整地着急了两个多小时，才有一位家长出现在他的眼前。第一位学生家长是库尔杜梅村的一位女士，这位女士在问候过老师之后，开始直奔家长会的主题。她说道：

"尊敬的老师，非常抱歉我现在才赶到学校。因为，我来这里之前要给我的丈夫和孩子们准备早餐……先生，前天，我的孩子跑到我位于卡森加的家里跟我说开家长会的事情。说实话，我早就和这孩子的父亲离了婚，而且，我现在已经和另外一个男人居住在一起了。因为，我再也不想和一个浑身充满酒气的酒鬼生活在一起，我再也不想要那样的生活。我喜欢不喝酒的男人。当然，喝酒并不是不可以，但是要有节制。像我前夫那样的酗酒能行吗？所以，我的孩子跑到我卡森加的家里和我说上学的事情……"

"是啊，是我让学生们告诉各自的家长或者是学生的监护人前来学校开会的。你的儿子，他没有和你说些什么吗，比如学杂费？"这位老师只对学杂费的事情感兴趣。

"我的儿子没有和我说什么啊，只是跟我说你想和我谈谈。关于钱的事情他只字未提。哎呀，不好意思，我口袋里的钱放家里了。除了交钱的事情，你还有什么其他的事情吗？月底的时候，我已经支付过学习费用了，在上个月月底；虽然当时我缴费的时间有点延后，但是，上个月没有结束的时候我把钱补上了……"

"你的儿子叫什么名字啊？"老师问道。

"老师，我的儿子叫马特乌斯！"

"他的全名是什么啊？"老师又追问道。

"他的全名是马特乌斯·劳伦索·安东尼奥！"

"哦，好吧，你先坐下吧。"

"好的，老师。"说完，那位女士坐下来。

一分钟时间不到，教室里又进来几位学生家长。

然东博看看手表，又朝门口张望起来。他想看看是否还有其他家长前来参加会议。

"好像不会再有人来学校参加家长会啦。我们还是赶紧开始吧。"

"是啊，我觉得也不会有其他人来啦。"一旁的一个小孩子说道。

"好吧！尊敬的女士们、先生们，我现在开始……"

"请老师你稍等等啊！"一个坐在教室最后一排的中年妇女大叫了一声，"老师，你先等一下。我的女邻居萨布里塔在我赶来之前跟我说让等她一会儿，她女儿回家给她拿手绢去啦，而她则去水井旁边打点水，马上就赶过来……"

"这样吧，你是她的好朋友，等她来的时候你再把我们刚刚说的话向她说一遍就好了。你看我的建议行吗？我们现在还是不等她了。再说了，她到底是来还是不来我们大家都不知道，所以我们没有必要一直在这里等她。现在，我们开始开会。"

"我们现在的会还没有开始，你为什么不能再等等我的邻居啊？说不定她现在已经在来的路上了。"那名中年妇女大声吵嚷道。

"哦，这位学生家长，请你不要再在这里大声喧哗，行吗？我们约定的时间是上午的七点，您看看现在，已经过了十点钟了。难道，让我们都在这里等那些不守时的人吗？让我们在这里等他们一天……"

"哦，你看，她已经赶到了。你也可以开始开会了。"那位妇女看见自己的朋友赶到了学校，便高兴地大叫起来。

萨布里塔女士和她的女伴们有说有笑地走进了教室。她们这些人进来之后好似整个教室被占满了。等她们一行人坐下之后，然东博老师端端正正地坐在椅子上大声说：

"我这次召集大家来学校参加会议主要有这样几件事……"

"嗨嗨嗨！我们的好老师，请你原谅我的粗鲁啊！对不起，然东博老师，请你稍等一下。不要马上开始会议……"那个打断会议的女人又站了起来并跑出了教室。老师和在场的所有人都看着那个打断会议进程的女人，只见她跑到教室外面，站在大马路旁东张西望起来，过了一会儿，她又跑回到教室里。

"老师，对不起。总是打断你的讲话！我来这里主要是为了占位子。实际上，参加会议的人是我的丈夫，他会来聆听你的讲话，我只是来这里占位子罢了。"

"你在这里说什么混账话？！你快去吃屎吧！"老师生气地说，"你说说，如果大家都像你这样子，我们这个会议要什么时间才能结束啊？"

"我并不是说混账话啊！这位老师，请你说话干净一点，听见了吗？我在这里请求你不要开始开会，因为我的老公他想听你讲话，然后还要和你讨论会议内容。再说，我老公和我说话从来都是毕恭毕敬、温文尔雅的。所以，我和他说话时也非常有礼貌。不像你这种没有礼貌的人出口全是脏话。然东博，你作为一个老师说脏话，还让我去吃屎，你简直是个人渣！你以为我家里没有人当官吗？你给我听着，如果你那么想你就错啦。我告诉你，我的靠山非常硬啊。"妇女生气地说。

"这位家长，你以为这里是出售百货的市场吗？"然东博也生气了。

"这里并不是什么市场。可是，你刚刚说的那些话我非常不爱听。你难道说我在市场上骄横跋扈吗？你好好看看我这张脸，看看我这张脸上都写着什么……"女人大声说道。

"卡库洛大妈，你还是赶紧出去吧！"一个小伙子站起来大声地说。这小伙子是一个靠推手推车挣钱养家的壮汉，他不想在这里浪费时间。

"这么长时间你不说话，怎么现在想起来张嘴说话啦？！告诉你，立刻闭嘴。"女人对着小伙子说道。

一个妇女站出来帮着那女人说："对啊，小伙子，你赶紧从这里出去。难道那个老师站在讲台上口出秽语，我们还说不得他吗？"帮腔的女士从外貌上看像是一个个性开朗的女人。她接着说，"如果老师对我们没有礼貌，那么我们也没有必要热脸贴凉屁股。我们大家都想听老师在这里讲讲大道理，可是，会议的开始却是一大堆的脏话。这种交流方式让人难以接受。"

"对不起，然东博老师，请问我能帮你把这些老娘们都请出教室吗？"小伙子对然东博说。

"小伙子，你说得非常好。你可以那么做，不然我的会议什么时候才能开始啊？"然东博老师点头说。

小伙子收到命令之后一手抓住一个妇女把她们往教室外面推。

一个妇女威胁小伙子说："小伙子巴普蒂斯塔，你是不是想尝尝我的厉害啊？"

"巴普蒂斯塔，请你马上松开我……听见没有啊？"小伙子巴普蒂斯塔和说这话的女人卡库洛是同村的居民。

"你们赶紧出去吧！小心我一会儿不注意把你们推倒啊。"小伙子说道。

"我给你几个胆子，你推我试试啊。"卡库洛回答道。

"那好啊，你不相信，那我们就在那边打一架，别在这里浪费时间。走啊，走啊……"

卡库洛已经开始想和小伙子巴普蒂斯塔决斗了，她像僵尸一样站在那里。打架对于小伙子巴普蒂斯塔来说是家常便饭，也是他的强项；虽然教室里的家长们都在劝阻他们，但是，小伙子的态度非常坚决。他一步跨过去把卡库洛一下子就举到半空中，接着又把她抱出教室来。这个时候的卡库洛像一只小鸡崽般在空中四肢乱动；当然，她的反抗根本起不到任何的作用。巴普蒂斯塔是附近有名的"疯子"，他能很快地结束战斗。但是，当他抱着中年妇女走到教室外面的时候，他却轻轻地把她放在了地上。虽然他是个十足的小混混，但是他却知道尊重女人。他把卡库洛放在地上后又对她说：

"卡库洛女士，教室是我们大家的，但是在大马路上可以随你的便！"

"你这个小混蛋，你去吃屎吧！你这个大烟鬼。瞧瞧你的丑样子啊！"妇女大声骂道。

不过，小伙子巴普蒂斯塔没有理会她的脏话。他走进教室，然东博老师清了清嗓子大声地说：

"好！尊敬的女士们、先生们，我现在可以对大家说，我们的会议正式开始。这次召集大家坐在一起是为了谈谈孩子们的学习情况。现在，孩子们的考试成绩已经出来了，所以，他们到底谁升级谁留级都已经见了分晓……"

说完这些，然东博开始念那些需要留级的学生的名字，同时，他也解释了为什么这些孩子需要留级复读，而其他的孩子则可以继续升级学习。慢慢地，他开始谈钱的事情。他说孩子们需要缴纳学杂费——为了给学校添加一些必要的文具。萨布里塔女士和其他几个女人坐在那里交头接耳，另一些人则盼着快些结束这次的会议。他看见教室后面的一些家长没有专心听他的解释，他便故意走到教室的最后一排，站在那些不专心听讲的人们身边大声地讲收钱的事情。只有少数几个人坐在那里聚精会神地听着老师的讲解，在场的很多人听完他的讲解之后都保持沉默。有几个女人并不认为老师是为着自己的孩子好，她们陆续站起来大声招呼着：

"嗨！大妹子，咱们赶紧走吧！这个男人在这里对咱们胡说八道！"

"是啊！原来我就跟你说过他是什么样的人。"

"是啊，大妹子！你千万不要相信他的谎话。"

"卡基乌达大姐，当他说话的时候我在心里开始反驳他，我非常生气。然东博想在这里欺骗我们，他想让我的儿子留级，我怎么可能不去反驳他？你觉得我做得对吗？你告诉我该怎么处理这样的事情啊？"

"嗨！为这种人生气不值得。在兰热村的西蒙学校，那里的老师对学生们非常关爱，而且学杂费还不高。如果你在上个月月末才交完费用，那么下个月的费用还可以拖延很长时间，不像然东博先生一天到晚都在想我们的钱。他总是想着怎么才能榨干我们的辛苦钱。他简直是一个强盗！你看看，我们这个月刚刚交完学习的费用，还没有到月底，他又开始召集我们大家来交学杂费。再说了，上次我缴费的时候他跟我解释得非常清楚——这些钱学校都用于购买文具。可是，这个月还没有结束他又开始催我们缴费。你说说，上个学需要一天到晚地要钱买文具用品吗？"卡基乌达对身边的同伴说。

"买什么学校文具，这只是他的托词。"另外一个中年妇女说——她的名字叫图图利亚，说完之后她开始保持沉默。这次的家长会让她心里不舒服，她不喜欢这样的交谈。

萨布里塔女士说道："我决定明年让我的儿子转学，不让他在这所学校学习了。我不知道每天他在这里都学什么。有一次，我带着我儿子的作业到阿尔曼多家里去，他的儿子在西蒙小学上学。我把我儿子的作业本给阿尔曼多的儿子看，他看过后说，我儿子他们的教学进度实在太慢了，这些课程他早学过了。你说说，这样的学校能行吗？"

"当然不行。萨布里塔大姐，但这不是最重要的。关键是他要让我们的孩子在这所学校读到头发花白，却只会写个签名……"卡基乌达说道。

"对不起，卡基乌达妹子！我打断一下你的讲话。我听说在卡伦巴村有一所非常好的学校。有时间我们去看看啊！"

"卡伦巴那里的学校距离我们太远……"女邻居福斯塔插了一句。接着她又噘着嘴说：

"有一所学校离我们非常近，可以说在我鼻子下面。"

"你说的那所学校在哪里啊？"一个女人问道。

"拉基拉女士负责的学校啊。你们不认识那个女人吗？我也只认识拉基拉丈夫的弟弟，拉基拉女士是一个白人。很多人都知道她是一个怕羞的女人，我也从来没有和她说过话。我的一个朋友，马尔吉尼亚·门德，也曾说过，拉基拉是一个优秀的老师。听说拉基拉是一位来自本格拉省的老师。听我妹妹说，拉基拉当老师已经很长时间了，她是一个具有丰富教学经验的优秀老师。即便你孩子的脑子是榆木脑袋，她也有能耐把你的孩子培养成才。我的儿子一直想去那所学校。马尔吉尼亚·门德的儿子泽贝托就在那所学校上学。他每天学习非常刻苦，对学业也是兢兢业业，从早到晚趴在桌子上学习。如果我跟你们说原来的泽贝托是一个彻头彻尾的小混混，你们能相信吗？那时候，他的妈妈马尔吉尼亚·门德一天到晚地担心他，怕他到处招惹是非；所以，总是在学校门口盯着他。可是现在，根本不需要。如果学生没有到学校上课，那么老师会主动到学生的家里和家长了解情况。泽贝托现在是一个非常有礼貌的孩子，我的那帮姐妹们看见那么懂礼貌的孩子都非常喜欢。可是，原来的泽贝托也是一个贪玩的小混混啊；现在，他像是一个中规中矩的天主教徒。他懂的东西很多，现在像一个小老师，小混混的样子在他身上再也找不到了。再看看我们自己的孩子，学习总是那么差劲，总是需要父母们支付费用补课。这样的孩子是不是在挥霍我们的钱啊？"

卡基乌达说："是啊，福斯塔大妹子说得对啊！"

"卡基乌达妹子，你也认识福斯塔说的那个拉基拉女士吗？"萨布里塔问。

"谁啊？你是在问我吗？你问我是否认识谁啊？"卡基乌达问道。

"那个拉基拉女士啊！"

"我的大姐啊，我只认识城里的老师，农村里的好老师我认识的并不是很多。不过，刚刚她说的那位拉基拉老师我也曾听说过，对她有一点了解。我还认识另外一个老师，他来自拉基拉女士的村子。他现在在兰热村的西蒙学校执教。我已经和他说过我的儿子小马努埃尔的情况，等他在这里考完试之后我就要把他转学到那所学校了。尽管我的儿子在这个学校学习已经很长时间了，但是，他的改变和进步没有想象中那么好。如果把他送到西蒙学校学习，再经过那里老师的精心管教，我想他很快就能成材啊。所以说，福斯塔大妹子说得一点都不错啊。等我的儿子考完试，我准备把他送到那个学校去。"

萨布里塔对女邻居的话非常感兴趣就问道："那个学校的学费大概是多少钱啊？"

"这个我还不知道。但是对于我来说，孩子的学业能得到提升比什么都重要。所以，关于学费方面的问题我不是很关心啊……总之，会比这个混蛋然东博老师好百倍。如果我们不送钱给他，他就让我们的孩子留级，难道他还有其他本事吗？"

"对，说得好啊！钱并不是问题啊。我们努力工作能赚到钱。我们有能力去赚足够的钱。但是，我们要知道自己交给然东博的钱到底去了哪里。现在，我们最大的问题是碰到一个唯利是图的老师。他总是拿着孩子们来要挟我们。钱不是问题的关键——我们每天头顶着货物走街串巷地售卖都是为什么，难道不是为了我们的孩子吗？"一旁的图图利亚女士说。

"如果我们赚的钱不够给孩子交学费怎么办啊？"一个女人说道。

"如果钱不够，那只能去当妓女了！"

"哎，图图利亚大妹子，你是这样认为的吗？"

"你让我怎么回答你的问题啊？"图图利亚说道。

"呸！我只是说想把孩子送到好的学校学习，怕钱不够，怎么就扯到做妓女呢？"

"我想问，如果钱不够你会去出卖肉体吗？"

"一个天天都做生意的商贩，怎么钱就不够花呢？难道我们整天头顶着货物在大街上当小丑吗？"萨布里塔在一旁说道。

图图利亚追问道："请你给我举个钱不够花的例子,你说啊！"

正在这时，然东博老师在讲台上用教鞭啪啪啪地敲打课桌，让大家注意听他讲话："这几位女士，你们能不能不要在这里开玩笑啊？"

一个中年妇女立刻反驳说："我们怎么在这里开玩笑啊？我们说话的时候你别在这里插嘴……我们没有在这里开玩笑啊！"

"你们就是在这里开玩笑。别抵赖了！"

"你看到我们几个人在这里开什么玩笑？"另一个女人问道。

"首先你们应该注意，你们现在坐在高尚的教室里。其次，你们到这里来是听我给你们讲你们孩子的学习情况，而不是让你们来这里聊大天……你们这种行为让我为你们感到羞耻。"

"我们有什么羞耻的啊？我们大家聚在一起不就是为了聊天吗？"女人们大声地说。

然东博反驳说："是的，你们来这里是为了交流意见；但是，不能像你们几个人这样勾肩搭背地坐在那里自顾自说。"

卡基乌达是一个非常聪明的女人，她以很男人的口吻打断了他们的争议。她说：

"是的！哥们，您说得很有道理。我们这样做的确不对。我们几个人叽里呱啦已经说了很多，现在我们大家想听你说说。"

"大妹子，你说这个然东博有什么道理啊？你给我说说他有什么道理！"卡基乌达的女同伴不乐意了。

"他必定有他的道理。你们别说了。难道你们没有听见他让我们几个人安静吗？我们几个人也没有必要非得大声地在这里高谈阔论。我们之前也没有约好要在这里聊天打发时间。首先，我们应该专心听他讲话，然后我们再说自己的事情。"接着卡基乌达大姐提高嗓门对然东博老师说：

"哥们，我们开会吧。你可以继续讲了。"

然东博老师继续他的讲话：

"好了，我们大家继续开会。之前我和你们说过，在座家长的孩子们并不是都能升级，一些学生需要留级，直到学习成绩赶上来为止。我和你们讲，我自己家里的西红柿都已经成熟，可是我却没有时间去庄稼地里摘。难道我的损失不大吗？但如果我的西红柿没有成熟，我却硬把它摘下来，那我的损失不是更大吗？！你们的孩子留级学习也是这个道理……"

然东博还没有讲完，一个女人站起来打断了他。她说道：

"然东博先生，对不起！请原谅我的鲁莽，我有几句话要说啊！"

然东博回答说："好的，您请说啊。"

"然东博先生，你首先要知道每一个人都有自己的人生和生活。你刚才说的是你自己的西红柿理论，所以请你不要欺骗我们在场的每一个人。如果有人跑到你的番茄地里面摘西红柿，你会愿意吗？你肯定不愿意。所以，我是不会接受你的建议让自己的孩子留级的。我现在的心情和你被偷了西红柿的心情是一模一样的。你还是先管好你自己吧。你凭什么干涉别人的生活呢？你不能这么做，因为你是在浪费别人的生命。现在，我们的时间都非常宝贵。我们可以去西红柿地里帮你摘西红柿，可是，谁会来帮我们做工作呢？如果我们不工作，我们的日子会停滞不前，你说是吗？我们的日子停滞不前，我们吃什么啊？难道，我们去你家吃饭吗？你们大家说是不是……"

"说得好，咱问问他，让我们怎么活啊。"一旁的女人们气愤不已。现场的气氛立即紧张起来。

"他想让我们大家去他的庄稼地里收西红柿。他的庄稼地都荒废了多少年了。再说了，到底是他家哪一块庄稼地，我也不是很清楚啊！"一个女人在一旁说。

"他让我们摘什么啊？"旁边的一个女人问道。

"帮他摘西红柿！"

"狗屁啊！"与卡基乌达坐在一起的女人们都大叫了起来。

"这个男人难道是疯了吗？"

然东博默默地想："现在的场面这么混乱，怎么才能按我的计划走呢？如果一直这样吵下去，我收钱的计划就要被这帮老娘们弄泡汤了。难道她们是来报复我的吗？"

他又开始大声说："我尊敬的女士们！请你们理解我的难处……"

在场的女人们没有谁听见他说话。她们就像是在大路上一样大声地议论着：

"原来我跟你们这些好姐妹们说过，然东博就是想把我们口袋里的钱榨干，让我们的生活……"

"谁想榨干我口袋里的钱啊？我告诉你们，不要想让我从自己口袋里再掏出一分钱……对了，萨布里塔大姐，你的孩子到底是什么情况啊？他是升级还是留级啊？"

"谁啊，你是在问我吗？你们大家看见我这张脸了吗？我的脸会欺骗你们吗？这个混蛋老师让我的孩子留级——他这不是拿手指戳我的眼睛吗？我一直渴望我的儿子能顺利地升级。现在我已经感到钻心的痛了。难道这还不够……"

正在这时，然东博老师说道："里塔大妹子，请你听我说一件事情啊……"

"对不起，请你不要叫我里塔，我的大名是萨布里塔！你的

127

那种叫法会给我带来厄运！"萨布里塔生气地回答说。

然东博急忙说："嗨，都一样啊。"

"当然不一样啊！你这么个叫法，难道，我是你的女人或者是你的家人吗？怎么能一样呢？你说怎么可以一样啊？"

"大姐们、大妹子们，当你们听一个人讲话的时候是不是应该专心听啊？如果你们有什么不明白的可以向我咨询，但你们不应该急着让我结束这次的会议。难道，你们以为我们是在农村的田间地头分甘蔗吗？……这当然不是分甘蔗啊。当我开始给你们讲的时候，有些老娘们一直不注意听，根本没有把我的话听进去，而是三五成群地在自己的小圈子里面开起小会。我实在是没有兴趣再从头给你们讲解了。最可恶的是，有些女人一直对我没有礼貌。从一开始你们就没有专心听讲，所以到现在你们都不清楚我在这里说的是什么。我所说的西红柿的事情，根本不是你们这帮女人理解的那样。我只是用西红柿做一个简单的比喻，想让你们明白人生的大道理啊。"然东博老师一直在苦心地讲解，试图让在场的女人能明白自己的意思。但是，他的话没有起到任何的效果。一个女人大声说：

"你说的话根本不是比喻，我们大家已经把你看透了。"

"你们怎么把我看透啦？我只是在这里给你们做个简单比喻……"

"我们早已经把你看透了，你是一个彻头彻尾的强盗。"一个女人在激动的情况下没有把握好说话的分寸。

然东博好像没有听清她的话一样，竟问道："你说我是什么啊？"

"你到底骗了我们大家多少钱啊？"另一个女人说道。

"女士们，你们讲话首先应该拿出证据，你们应该知道自己在说什么，知道吗？"

福斯塔大姐在一旁说："我们当然知道自己在说什么啊！大家心里都很清楚到底该说什么。你别在这里威胁我们，我们大家不会怕你的，你这个混蛋！我们的孩子每天都来你这个学校学习，一天都没有落下过；可是，最后你竟然告诉我们孩子要留级。你告诉我们，这些孩子为什么必须要留级？估计，有人想在月底的时候向我们这些冤大头要学费。如果我们不向你支付学杂费，我们的孩子是不是会被赶出学校……"

然东博反驳说："哦！这些老娘们在这里说的这些话没有任何的证据。"

"我们怎么会没有确凿的证据呢？难道你以为我们大家都是文盲吗？"卡基乌达说。

"我并不是这个意思啊。"

"你以为我们手里没有你的证据吗？我不知道其他人有没有掌握你的证据，但我本人对你可是了解得一清二楚。我弟弟是学法律的，他的葡萄牙语说得非常纯正，比你强百倍。你听见了吗？"

"哦，卡基乌达大妹子，我问你个事啊！"萨布里塔想起一件事情，所以她打断了卡基乌达的发言。

"好的，萨布里塔大姐，你说吧。"

"你弟弟是学法律的，他是不是我们大家经常在村子里看见的那个美男子啊？"

"是的，萨布里塔大姐，你说的就是我的弟弟。他是我们家的老小。从他很小的时候我就开始照顾他的生活和学习，也是我把他送到学校学习文化知识的，我把我自己的一切都给了他。虽然为了上学他花了家里很多钱，但是很值得。他现在是一个顶天立地的好男人。现在他负责处理罗安达地区的很多刑事案件，而且，他出去执行公务的时候手里还拿着手铐和监狱班房的钥匙。他做的是法律方面的事情，当然可以顺便替我们主持公道……如果这个混蛋老师总是欺骗我们普通老百姓，总有一天我会让我弟弟把他抓到班房里。"

"好了好了，我的大妹子们。你们大家先安静一下，让我们听然东博老师继续下面的发言。"一个坐在教室最后一排的老者站起身对大家说。他不喜欢不尊重老师的人。

"听混蛋老师讲话，真让我生气。他就是要向我们要钱，难道我们大家不明白他的意思吗？他想让我们大家支付小费，否则他就不同意让我们的孩子升级。我的老哥，你说他的行为可耻吗？"

"嗯，是很可耻！"老者回答说。

"你们大家说，他的行为不可耻吗？"说话的女人像一位长者一样在那里调动在场所有人的情绪。

"可耻，可耻，可耻！"在场的所有人大声喊道。这时，有些家长从教室一旁的窗户溜出了会议现场。

"大妹子们，我们大家安静一下。我们还是听他继续说下去，然后，我们再讨论自己感兴趣的问题。"

女人们慢慢地安静下来。正在这时，阿泽韦多先生出现在教室里。他是一个粗鲁的男人，他追在一个小学生的后面跑进了教室，这名小学生便是雅内罗的表哥霍尔海。小伙子霍尔海一下子跳上一个板凳，然后从这个板凳跳到另一个板凳上。人们坐在教室里看着这眼前的一片混乱，一些人则在那里生气地发表着自己的想法。只见阿泽韦多大声地喊叫着："嗨，这是谁家的孩子啊！我说大妹子们，谁能告诉我这是谁家的孩子啊？在这里给我添乱。"他想抓住那个上蹿下跳的小伙子，于是大叫道，"你们大家帮忙把这个调皮鬼给我抓住。"旁边一个人问道："大哥，这个小伙子偷你什么东西了，你至于这么生气吗？他偷你的钱啦？对了，这是谁家的孩子？"又听另一个人说："嗨，是不是这位大哥让小伙子霍尔海去干活，他不同意啊？"瞬时，在场人们的心中产生了很多的疑问，大家都不知道霍尔海究竟对阿泽韦多做了什么事情。但有一点可以肯定，小伙子的闯入让教室变得更加混乱。

小伙子霍尔海从一位老者的手中挣脱后又跳上一张桌子，跳过老者后又跳过另外一些人，最后，跳到一张没有人坐的凳子上面。小伙子在桌子和板凳上面跳来跳去，身手十分敏捷，可以说如履平地。坐在凳子上的人们看见小伙子朝自己跳过来，都赶紧往一旁躲。有人甚至赶紧躲在桌子下面以防他撞到自己。最后，小伙子跑到了然东博老师的身后。阿泽韦多先生追得气喘吁吁，嘴角上溢出很多白色的沫子；那个时候的他就像是一头发疯的野猪。他一步跨上讲台把然东博老师推到一边，这下霍尔海没地躲了。阿泽韦多试图抓住小伙子，可是，当他从左侧发起攻击的时候，霍尔海马上躲到右边。就这样，两人是左躲右闪、你追我赶，但几个回合下来，阿泽韦也多没能抓住霍尔海。因为，在阿泽韦多出招之前，小伙子就能猜到他会出什么样的招式；所以，总是能躲过他。霍尔海是一个"经验丰富"的捣蛋鬼。此时，然东博老师在一旁大呼小叫，霍尔海围绕着自己的老师转了几圈，然后猛地把老师推向阿泽韦多，他自己则跑下了讲台。在场的人们不知道他们之间到底发生了什么事情，所以，都在一旁观看。此时此刻，抓捕者变成了两个人，一个是阿泽韦多，另一个是然东博老师。

站在门口的小孩子们欢呼雀跃，他们按自己的喜恶加油助威：

"抓住他！抓住他啊！"

"哎！走着瞧吧！"一旁的老者们说。

"是啊，他们俩肯定能抓住小伙子霍尔海！"一个老先生说。

"现在这些孩子真是一点礼貌都没有，不论年老年少都会开玩笑。难道，他们连最基本的尊老爱幼都忘记了吗？"

那时候，村子里的孩子们都很调皮。小孩子们按照自己的方式在这个世界上成长着。赞加多村的孩子们经常和上年纪的人们玩丢手绢一类的游戏，卡森卡村和库尔杜梅村的年轻人喜欢玩相互追逐的游戏……这些游戏都非常盛行——是一些无法用贴切语言来解释的民间游戏。我们还是慢慢地去了解它们吧。

桑比赞卡村的小孩子们都很喜欢玩追逐的游戏。或者说，他们喜欢相互追逐。他们总是喜欢躲藏在一处院墙拐角的地方——最好是一个让别人找不到地方，看着负责找寻他们的同伴从自己的面前经过。如果对方找不到躲藏的人就意味着对方失败了。这时失败的一方必须接受胜利一方的无情惩罚——胜利方在失败方的身上从头到脚拍打一遍；然后，他们从地里或者垃圾堆里面找一些小虫子放在失败一方的身上，以起到吓唬对方的作用。有时一个小伙子成为了失败方，小伙伴不知道从哪里找到一个小虫子放在他的身上。小伙子害怕地说："哎呀，你们在我身上放什么虫子啊？难道是马蜂吗？你们千万不能放马蜂在我身上，你们要知道，马蜂蜇人非常厉害。你们在我身上放的是什么类型的马蜂啊？"一旁的调皮的小伙子们根本不理会他所说的话，同时还要上下拍打着他不让他再说话。如果有老先生看见小孩子们这样玩，便会大声喝道："你们几个毛孩子快给我停手。你们这个年纪怎么玩危险的游戏啊！"小伙子们见此情况便会撒腿跑掉。如果是一个女人碰见了便会大叫着说："我的天啊！真是见鬼了，我再也不从这里走了。以免被你们这些毛孩子戏弄……"

在新公墓村附近的小孩子喜欢玩一个叫"摔倒"的游戏。直到现在我还记得玩那个游戏的乐趣，就仿佛昨天刚刚玩过一样。那个时候，一个叫卡波罗罗的老先生——他是阿南哥拉村非常有名气的木匠——在新公墓村市场上售卖家具的时候遭到小孩子们的戏弄。后来，他抓住一个淘气的毛孩子。他和这个毛孩子之间发生了很多有趣的事情。

那天，调皮的小伙子们站在大街上肆无忌惮地谩骂卡波罗罗先生，而这个时候他们的手中没有任何可以防卫的工具，也没有那些让人恶心的小虫子。孩子们大声地喊叫卡波罗罗不是一个好木匠；而且，他们在他必经的地方放了很多香蕉皮——他们希望看到卡波罗罗木匠能落入他们设计好的"陷阱"里。

卡波罗罗走到自己的柜台前，用一把小扫帚清扫柜台的桌面和挨着他的另外三个女商贩的桌子；同时，他还把这些柜台往一旁挪动了一下。因为三个女商贩出售的是木炭，容易把他的货物沾染上黑灰。他一直在那里忙乎着，一会儿又拿起扫帚清扫，当他清扫一片石子地面的时候踩上了香蕉皮，一下子摔得四脚朝天。他摔倒的同时他的裤子发出"扑哧"一声——裤裆撕裂了，他的屁股暴露在外面。在场的人们看见眼前的一幕大叫了起来。

那几天，卡波罗罗都忙着在自己家里做木匠活，所以他竟然鬼使神差地忘记穿内裤了。他的裤子开了裆，整个屁股都露了出来。所以，这个时候的他不知道是该先捂住前面，还是该先捂住后面。在场的人看见卡波罗罗尴尬的样子都呵呵大笑起来。布设"陷阱"的捣蛋鬼们也站在那里呵呵大笑，他们成了市场上最得意的人。这时的卡波罗罗不知道是该哭还是该笑，他觉得自己哭笑不得，他一直在那里边摇头边说：

"这些孩子啊！哎呀，这些毛孩子们……我不知道该怎么说你们！……"老头卡波罗罗现在就像是被人放在火上烤的蚂蚁般不知所措。

"喂，我说这位大哥，你别和这些不懂事的孩子一样——这些毛孩子已经是没皮没脸了——你看看你的裤子都破成什么样子啦。"一旁看热闹的女人说道。接着，卡波罗罗一旁摊位上的女人大声说：

"看看你的裤子破的。"

"呵呵呵！"在场的人又大笑起来。

"卡波罗罗大哥，你抓好自己的裤子赶紧回家吧，难道你要在这里做展览吗？……"

"算了吧，你别管我了，我就这个样子吧。"

"这位大哥，你住在哪里啊？"

"我住在附近的阿南哥拉村。"

"你住在阿南哥拉村，难道会不了解这个广场上的小毛孩子吗？"

"我怎么会知道他们能做出这么出格的事情！我不知道这些孩子们胆子怎么这么大，关于他们我是一无所知啊。"

"我的大哥，市场上的毛孩子都是害人精啊。你并不是第一个在这个市场上被他们捉弄的人。"

"哼！我现在就去抓这些可恶的孩子。"

"嗨，你到哪里去抓他们啊？跟他们斗气不值得，他们就是这样啊。估计，这段时间他们都不会到市场来了。"

"可是，这些孩子实在是太可恶了。"卡波罗罗老头嘟嘟囔囔地说着，这些谈话多少化解了些他的尴尬。

在场的女人没人回答他的问题，只是都劝他赶紧回家。调皮的孩子们却还跟在他的身后看他的笑话。还有些人在给他讲那些无法无天的小毛孩子们的所作所为。有个人说："在这些小毛孩子当中有个小孩子叫小若昂，另外还有小马努埃尔和托托沃等人。"但这些名字并不是他们真实的名字，而是他们的外号。他们曾经做过的最让人窝火的一件事情是和一个上了年纪的老头子开玩笑。那次，他们几个毛孩子跟在老头子的身后，趁着老头子不注意一下子把老头子推倒在地——这些孩子们一天到晚只知道惹是生非，甚至骗自己的家人和朋友。那个老头子认为："这些可恶的孩子连自己的爸爸都欺骗，这样对待我这个槽老头子有什么可奇怪的。"以后，当老头再碰见那些小孩子们的时候，表现出非常严厉的态度，而且再也不和他们嬉戏打闹。所以，那些孩子们也不敢再和他开玩笑了，见到他就赶紧躲得远远的。

这边，卡波罗罗先生每活动一下，走动一步，都会招致哄堂大笑。认识他的，不认识他的，都在关注他："这个老哥我好像认识啊！""我的天啊，你认识这个男人吗？！""哦！不敢确定，但是，我觉得他非常眼熟啊。你看看他现在的样子，难道是他疯了吗？哦，我想起来了，他是我劳琳达姑姑村子里的老木匠！听说我姑姑家的木床还是他亲手帮忙加工制作的。你难道想不起来了吗？"旁边的人思考着说："哦，是啊！我也想起来了！不过，为什么他现在会成这个疯样子啊？而且，旁边怎么还有这么多的女人？哦，我的天啊！我想起来了，他是泽·卡波罗罗先生嘛！"其他人听见同伴的话更加注意地观察裤裆破烂的卡波罗罗先生，并小声说："啊，原来是他啊……不过，这位先生怎么会光着屁股满街跑呢？昨天，在他们村子里看见他的时候很健康啊，怎么这么快就变成了现在这个鬼样子啊？"一旁的人还是半信半疑，不敢确定眼前的男人就是卡波罗罗先生。所以，他们大家慢慢地靠近光着屁股的卡波罗罗。等到卡波罗罗察觉的时候，他感到又羞又气，于是加快脚步逃走。后面的那些人则一直跟在他的身后——他们一定要看清楚是不是卡波罗罗先生。卡波罗罗老头在前面疯狂飞奔，不大一会儿，便赶到了大马路旁边。他试图穿过大马路，但是几次都没有过去，因为这里的车流量实在太大。马路上的车辆来来往往连续不断，车流阻挡住他的去路。后面赶来的人们谁也不愿放弃，都紧追不舍。不大一会儿，他们就跑到了他的身边，并在那里对他指指点点。

这时，卡波罗罗鼓起勇气走到大马路上拦下第一辆车，接着又拦下第二辆车，他快速地跑到马路中央。在逃跑的时候，他用余光发现身后有些女人还在试图追他。他心想："如果让这些女人追上，我的脸可就丢大啦。这些女人是附近村庄有名的大嘴婆、小喇叭，如果让她们认出来是我，那么我非要疯了不可。"卡波罗罗心里一边想一边拦下第三辆车，当他走过第三辆车的时候并没有注意到从另外一个车道上飞速开来一辆大车。那车车速飞快，瞬间开到他的跟前，吓得他傻傻地站在马路中间，只听见"砰砰砰"的几声，大车一下子撞在马路牙子上面。卡波罗罗赶紧松开抓住裤裆的手，顺势做了一个"滚地龙"才算穿过了大马路。他没有停下脚步，虽然他被突如其来的大车吓得魂不附体，心脏都差点从他的身体里跳出来。

让我们再来仔细地描述一下他究竟如何过马路的吧。当时，很多的汽车以及汽车的鸣笛声吓得他一会儿往这边躲，一会儿又往那边跑，像一个没有灵魂的僵尸在马路中间跳舞。一些开车的人下车来要好好教训他一顿，可是当他们看见他的样子时都大笑起来。一些人站在那里乐呵呵地看着他，另一些人则注意着过往的车辆。一个车主走过来威胁要开车撞死他。不过，光屁股的卡波罗罗总算是站在了马路中央。当他被飞速冲来的汽车吓得屁滚尿流时，他的黑色皮肤引起了司机的注意。司机一打方向盘，把车开向了旁边的人行道，这才导致车撞到马路牙子上。大车司机第一次试着把车从马路牙子上开过去，结果失败啦。那条路上的马路牙子比较高。他第二次又试着把车从马路牙子上开过去，但是还是失败了。接着，又开始第三次，他看见有一处马路牙子已经被撞碎了，所以他把车往前开了一点，车子就慢慢地上去了。他把脚踩在刹车上面停好汽车。这时，围观的人才看见大车司机的脸色发青，额头上渗出了汗水。他跳下车大骂道：

"你这个混蛋黑人！蠢货！找死啊！你以为你身子硬吗？"看来司机也被眼前发生的事情吓了一跳，想来他的心也在怦怦狂跳。大车司机是一个白种人，身体高大肌肉强壮。他鼓起的啤酒肚也非常大，这使他看上去像一只呱呱的青蛙。他长着大胡子，胳膊上面也都是浓密的汗毛。他的脸被炙热的太阳晒黑了，嘴里面叼着一根又粗又长的雪茄。他的外形看上去像是一名国际警察。

在白人下车之前，卡波罗罗老先生已经从公墓墙角处的小巷子溜走了。

"你给我滚过来，让我教教你怎么横穿马路！"说着话，白人抓住了一个小伙子的衣领子，并把他往马路旁边的人行便道上面拎。

"不是我，你抓错人啦！那个人已经逃跑了。"小伙子大声喊叫着。

"你这个混蛋，你给我滚过来吧。"

"不是我，你抓错人啦！我说的都是实话啊！真的不是我……"

白人把小伙子拽到人行便道上面后，又开始把他往自己的车上拉。他拿起一串钥匙，把车厢门打开。等他打开车门之后，小伙子才明白这个白人想让他坐进去。小伙子态度坚决地拒绝了。

"哦，真的不是我啊！不是我横穿马路！你想想，你看到的人是我吗？那个人早逃跑了。你为什么一直认为我是那个横穿马路的人啊？！我告诉你，那个横穿马路的人已经从那个胡同逃跑了！"

"你说那个人不是你？你这个垃圾！你别浪费我的耐心啊！"白人生气地说。

"哦，我说多少遍了，那个人不是我啊！不是我横穿马路，你为什么要拉我走啊？刚刚横穿马路的那个混蛋已经逃跑了……如果你不相信，可以问问其他目击者……我现在还要去我法蒂玛大姨家里做客！……我可没有时间在这里和你矫情，我的姨妈在家里等着我呢。这位先生，我再说一遍，刚刚横穿马路的人百分百不是我。我的先生！"小伙子苦苦辩解。

白人看见小伙子想趁机逃走，便把自己嘴里的雪茄狠狠地扔在地上。他使劲将小伙子的手拧到小伙子的后脖子上，并将年轻人捆了起来；然后，他又使劲地把年轻人往大车的车厢里推。小伙子是土生土长的罗安达人，他决定使出自己的看家本领反抗。他大声说："首先，我是一个年轻人，出于礼貌没有和你这个白人对着干。第二，对于刚刚发生的意外事故，我也非常同情你这个白人先生。刚刚那个混蛋让你受到很大的惊吓，我从心底里能感觉出来你的心情肯定难以平复。可是，你这个白人想把我这个好人抓走，你们说天理何在？"

小伙子展示着自己的口才，他想让所有经过事发现场的人们了解事情的真实情况。他对着眼前的人们说，他根本不是那个横穿马路的人。

"你跟他去吧！"一旁的人说道。

"你就跟他去吧，看看那个白人能把你怎么样啊。"

"是啊，你别怕。现在是我们有理啊。"

与此同时，还有一些人大声喊叫着："别跟他去，小伙子！你可千万不要跟他去啊！"

在那个贫困不堪的村子里，人们都有一股坚持的勇气。莱托雷斯先生刚刚抵达事发现场，但是，听了小伙子的解释后他对该件事情的来龙去脉有了大致的了解。

由于那条大马路通往繁华的高尔夫区，所以在这条马路附近经常发生类似的交通事故。在这条马路旁边有一座小型的加油站，加油站的后面有一棵非常高大的面包树。今天的交通事故便发生在这棵面包树附近。

"先生，请你把你的手拿开……难道我是你们白人吗？我什么错事都没有做，你为什么要把我带走啊！"

"快上车！如果你不上车，小心我打破你的头，你个乌龟王八蛋！……"白人用力地把小伙子推到汽车的车厢里面。小伙子在车厢里面蜷缩着身体，快形成一个圆了，像个被扔进河里的鱼饵。白种葡萄牙人站在那里展示着自己那副强壮的身板。在场的没有一个人愿意去帮助白种人。不过，总是有白种人停下车子或者是按车喇叭，询问白人司机是否需要帮助。有些白人甚至走下车问事情的经过。一个白人停下车说："嗨，哥们！需要我帮忙吗？我帮你把那小混混拉到军事警察局……"

这个强壮的白人司机说不需要。因为，他觉得他处理起这件事情来已经是绰绰有余了——他一个人就可以把那个小伙子拎到车厢里。

"你这个黑人杂种……竟然在这里给我找不痛快，我看你是找死啊！……"白人司机站在一旁号叫着，整个人都被汗水打湿了。不过，年轻人并没有被他的霸气吓到，他伸出双腿狠狠地夹住白人的双腿。

一旁围观的人说："年轻人，千万别跟他走啊。"

"别跟他走，跟他拼了！你是安哥拉人就使出我们的看家本领，别给老祖宗丢脸……"

从胡同口传来很多给年轻人加油助威的声音。

但是，他们只是在口头上表示对年轻人的支持——根本没有任何作用。他们站在胡同口摇头晃脑、指指点点地让年轻人听从他们的建议，也一直没有停止对这个年轻人的议论。或许，黑人不知道怎么才能团结起来，他们眼看着年轻人被一个白人拳打脚踢，却只是站在胡同口大呼小叫地议论。他们像是一个个远程的遥控器，只知道站在远处对自己的同胞指手画脚，却没有人上前帮助年轻人脱离白人的控制。

"那些总是在村里面胡作非为，抓别人的脖子，欺负小姑娘的人，都去哪里了？看见你们这样的男人让我们安哥拉人觉得丢脸。我们有骨气的安哥拉人不会像他们那个样子。""哎呀，我现在老啦，不能像年轻时那样无所顾忌。可是，你们这些年轻人应该……"几个老先生对着那些指手画脚的年轻人说。那些站在胡同口的人们一直在吵吵着，他们根本没有想帮年轻人的意思。

当然，事情进展得非常快。之前那个白人的双腿一直被躺在车上的年轻人夹着。但是此时，年轻人却被白人死死地压在地上。他像个秤砣一样压在小伙子的身上。不一会儿，小伙子又一次被白人塞进车厢里。但是，这次白人却没有足够的力气把车门完全关闭。因为，在他关门时，小伙子使出吃奶的力气踢蹬着腿卡住车门，并且还趁机把车门踢开，纵身一跃跳出车厢。白人还被小伙子重重地打了一巴掌。小伙子和白人在车子旁边厮打起来。白人试图找机会打倒年轻人，但是，他的意图被年轻人识破，在他拳头打过来的时候年轻人迅速躲开。不过，小伙子用力过猛，身子一下子撞在了汽车上。小伙子只觉得头晕目眩，白人趁机用头顶住他。

站在胡同口看热闹的人们看见小伙子被打，都站在那里大叫："哦哦哦！"小伙子知道自己不是白人的对手，找了个机会拔腿就跑。很快，他跑到一条胡同口。白人司机不依不饶，从后备厢里拿出一根铁棍就想去追赶小伙子。这时在一旁看热闹的人们都上来劝阻，他们对白人说，那么做实在是太危险了。因为他可能不知道，那个年轻人也是附近村子里有名的小混混，他也有自己的帮派，电影里面血腥的场面在这个村子里也经常上演；再说，他是这里土生土长的本地人，人脉关系非常广。俗话说：强龙不压地头蛇。千万不要拿着铁棍满街跑，这样会激起众怒。当时，现场的年轻人人人吹口哨、拍巴掌，甚至是大呼小叫。小伙子趁大家起哄的时候逃走了。他翻过一条小巷，消失在几栋小房子后面。白人仍然火冒三丈，不过，再生气也无济于事。他重新跳上驾驶室，发动汽车，踩一脚油门离开了。

扪心自问，这件事情谁该负责任呢？难道不是那些爱玩"摔倒"游戏、爱跳基松巴舞的小毛孩子吗？

在高尔夫地区，基松巴舞蹈又被称作库吉娜，只要你会跳，这里的人任谁都会在舞厅里面非常高兴地和你一起翩翩起舞。

这个村子里的小孩子总是喜欢捉弄别人。有时候，他们会找一些破布条，把布条上面蘸满汽油或者柴油，点燃后塞到人们的身后。有一次，一个老先生不注意，小孩子们把烧着的破布条塞到老头的腰带里。立刻有人告诉老先生说：

"老先生，看看你的裤子，快烧着啦！你一定要注意这帮毛孩子。"

老先生站在原地上下左右仔细地打量自己身上的衣服。

"你们是在拿我寻开心吗？我的裤子哪里烧着了？"老头不相信自己的裤子被烧着了。

"是真的，老先生。你的裤子起火了，不相信的话看看你身后！”

当老头转过头看自己身后的时候，大声叫起来：

“啊啊啊！我要被火烧死了……身上怎么会起火呢？！我已经戒烟快五个月了。这到底是怎么回事？你们在我身后到底放了什么东西……”老头一边说一边跑。一会儿跑这边，一会儿又跑到那边。当他跑动的时候，火带子一直跟着他跑，像是在跳舞一样。在场的人们看着眼前的一切却笑不出来。

那些上年纪的人都非常了解小孩子们，知道他们的逃跑技术“娴熟”。在教室里，老头阿泽韦多在抓霍尔海的时候往前一扑，却一不小心抱住了然东博老师。在阿南哥拉村，小孩子们特别喜欢和上年纪的人做一个名叫“拥抱”的游戏。

但现在却是阿泽韦多先生狠狠地抱住然东博老师。阿泽韦多知道不小心抱错了人。此时，然东博非常严肃地看着阿泽韦多。其实，然东博也为自己教育出来的学生不懂得尊重别人而略有羞愧。阿泽韦多轻轻一推，把然东博老师推到教室的一个墙角处。然东博还没弄明白自己是怎么到的墙角，就见阿泽韦多顺手拿起一个凳子要去追霍尔海。

一个孩子跑过去抓住了阿泽韦多的胳膊说：

“你不能这样做啊！他到底犯下什么错？”

阿泽韦多大声说：“我不想给你们做任何的解释。谁都别管，我今天一定要好好教训一下霍尔海。”

“为什么要教训霍尔海，他到底犯下什么错误？”一旁的人劝阻说。

“今天一定要给他点颜色瞧瞧！看他以后是否还敢捉弄我……为什么这个孩子让人这么生气？你们看看我的头发，都快掉光了。"阿泽韦多一边说一边在人群中抓霍尔海。

"这位大哥消消气,别追啦。"一帮女人也劝阻起来。

"阿泽韦多老哥,别追啦!"

"是啊,老哥,你别追啦。原谅小孩子的无知!"

"他也不是你的孩子,教育他不用你费心,你就别再追啦。"

"阿泽韦多老弟,你是怎么啦?看你现在的样子像是喝醉酒……"

"对啊,你是不是昨天晚上又陪着酒瓶子睡觉啦?"所有的人都在劝他不要再继续追霍尔海了。

"他去哪里喝酒啊?大家不知道阿泽韦多是从来不喝酒的吗?他生来就是一副红面孔。"一个中年女人说道。

"算了吧,大妹子。你看看他现在的脸,明明是喝醉酒了,你怎么还说他从不喝酒。"一个男人回答说。

一个走到阿泽韦多身边的老者也大声地说:"对啊,他的确是喝醉了。"

"对啊!那我们要不要好好教训他一下?"

"这么多老爷们在这里,难道没有本事把一个醉汉抬到教室外面去吗?"一个女人大叫道。

"对,大家伙加把劲把这个醉酒老头抬出教室。大家不能在这里浪费时间……"

"你们不能把我抬出去,谁都不能这么做。"阿泽韦多用手指着在场的人并用带着些威胁性的口吻说道。

那个做手推车生意的年轻人站起来大声说:"我们不把你抬出去,教室里的会议还能继续开下去吗?"

阿泽韦多老头看了他一眼问他:

"怎么啦，你想跟我打架吗？"

"这里没有任何人想和你打架，也没有人愿意和你打架。只是想让你这个大人放了那个孩子。你刚刚已经打了小毛孩一巴掌，难道你还想在这里想杀了他吗？"

"小毛贼，给我小心点！我一定要让你见识一下什么是男子气概，也要让你知道啥是自作自受！"阿泽韦多冲着霍尔海喊道。

小伙子流了很多汗，全身通红，但他并不惧怕老头子阿泽韦多的恐吓，他说：

"我在这里等着你，看你能拿我怎么办！有能耐我们到空地上打一仗。"

阿泽韦多先生没有继续和小混混打嘴仗。站在他身后的一个中年妇女对他说：

"大哥，你为什么这样对待一个孩子啊？难道你没有儿子吗？现在的毛孩子都是这样无法无天。再说，他已经逃跑认输了，咱们不能不依不饶啊。"老头阿泽韦多不听她的劝阻，还是想去和小伙子打架——这个霍尔海已经不是第一次捉弄老先生了。

一个年轻人站到阿泽韦多的前面，挡住了他。年轻人说：

"今天我在这里，谁也不能动他一根汗毛！"

看见有人行动了，另一个小伙子也站了出来。接着，一位老头、一位老太太和一个年轻人也加入了。他们大家合力想把这个醉酒的阿泽韦多老汉抬出去。当时，老汉嘴角里溢出白色的泡沫，整个身子都被汗水浸透。他嘴里不停地抱怨着阻止他教训霍尔海的人，还试图从负责抬他出去的人手中挣脱。

浑身是汗的阿泽韦多像是在全身涂了机油，他们几个人不知道从哪里下手才能把这个老汉抬出教室。

一刻钟过去了，他们几个人还是没有办法把阿泽韦多抬出去。

一位年轻人一直坐在教室的墙角处，像一张被人遗弃的废纸。他坐在那里看着眼前发生的一切。年轻人长相非常帅气，自从他走进教室以后便坐在那里听大家的意见，没有说一句话。他非常沉默，以至于，不像一个活生生的人，而像是一座雕塑。但这时，他把衣服袖子卷了起来，慢慢吞吞地走到阿泽韦多近前。一声清脆而响亮的巴掌声让教室立刻安静了下来。年轻人让大家松开阿泽韦多老汉，人们立即松开了老头。阿泽韦多老汉的脑袋还在摇晃着，一下、两下、三下、四下，他还没有从那巴掌下恢复过来。老汉是混血人，此时，他的身体从头到脚都泛起红色。突然间，阿泽韦多使出全身的力气推开众人找了一张凳子坐在上面。那个沉默的年轻人走过去开始问阿泽韦多：

"你跟我说说，那个小毛孩到底怎么惹你生气了？"

老汉像是刚刚从梦中惊醒一样摇着头回答说："没啊，没有招惹我啊，曼吉亚麻老弟。"

"你说什么啊？我没有听见！"年轻人提高了声音。

"没事啊，他没有惹我，曼吉亚麻老弟。对不起，曼吉亚麻老弟，对不起！我没有看见您在这里……刚刚我是在和毛孩子闹着玩……"

在场的人们都站在那里直勾勾地看着站在人群当中的年轻人曼吉亚麻！当时，教室里异常安静，在场的每一个人的呼吸声都让人听得一清二楚。

曼吉亚麻不紧不慢地说："好吧，既然大家都没有什么问题，我们还是安静一点吧！"

阿泽韦多老汉满是汗水的身体在微微抖动。

年轻人曼吉亚麻回到自己的座位上坐下去。在场的所有的人在看到那个鼎鼎大名的曼吉亚麻之后，心里或多或少都有一些害怕和胆怯——在他们这里，"曼吉亚麻"这个名字的意思是"强壮的人"。

"女士们、先生们，我们现在继续开会，你们没有必要害怕我啊。"曼吉亚麻对大家说。可是，那些男人们依旧害怕，胆小些的吓得差点尿裤子。霍尔海也被眼前的情景震住了，他老老实实地坐在了座位上，再也不敢跑到阿泽韦多老汉身后捉弄他了。

传说，曼吉亚麻是一个拥有神奇力量的人。很多人说他被伦东渡村的卡翁博老太太施过法术。

实际情况是，老太太给曼吉亚麻使用了一种当地的土生药材，这种药材可以提高人的兴奋度，让人保持一种精神饱满的状态。

除此之外，老太太卡翁博还给了他一根特殊的木棒。曼吉亚麻拿着那根神气的木棒和人战斗，并用这根木棍击打得对手满地找牙……（那种惨烈的景象实在是常人难以想象的，我们找不到一种词语来描绘他们打斗时的惨烈。不过，场景都纪录在我的小本子里了）

然东博老师战战兢兢的，但他还是鼓起勇气开始继续讲解关于升学学生和学杂费的事情，虽然他心里一直在打鼓。很多人想靠曼吉亚麻近一些，以便好好观察下这个神奇的青年。年轻人在附近的村子里非常出名，因为他从来不惧怕那些白人，而且他还是一个不苟言笑的人。一些人本来不想听老师讲话，可是，看见曼吉亚麻坐在那里，他们只好也乖乖地硬着头皮继续听然东博的唠叨。然东博看着大家坐在那里一言不发，心里特别紧张；以至站在讲台上紧张地讲不出话来。整个教室又一次安静了下来。

做手推车生意的小伙子忽然朝着外面大喊了一句，仿佛外面有人在呼唤他一样。其实是他假装外面有人叫他以便他能出去做生意：

"刚刚是谁在外面叫我的名字啊？我得马上出去啊。对不起，借个光，我出去一下。"他一边说一边往外走——他刻意不从曼吉亚麻的面前走。出了这个教室，这下他可是自由啦。做手推车生意的小伙子是一个很不错的人，只是他从来不敢和曼吉亚麻这样的人打交道。

安静、恐慌继续充斥着整间教室。然东博老师在纸张上胡乱写着什么，然后，他在纸张上面做了几个标记。但是说实话，连他自己也不知道做的是什么标记，他只是在那里消磨时间。这时一个老头子站了起来——同样，他心里也很害怕，身上流着汗——他先向大家问好，然后大声说：

"尊敬的先生们，如果大家没有什么可说的，我觉得大家可以回家啦。我们大家大眼瞪小眼地坐在这里，好像我们都是盲人一样！"

说着，他用余光扫了一眼坐在一旁的曼吉亚麻又接着说：

"你说呢，曼吉亚麻老弟……我说得对不对啊？"

"是啊，你说得对啊，老先生！不过，我有一件事不是很明白，想问问我们的然东博老师。"年轻人曼吉亚麻接受了老头的意见。

"老弟，说说你不明白的地方，我们大家也坐在这里听听啊。"

曼吉亚麻停顿了几秒钟的时间，他想着自己要提的问题，然后，咳嗽了一声说：

"然东博老师，请问这个班里有一个叫西蒙·阿德里亚诺的学生吗？"

然东博整个人陷入紧张中，他站在那里翻动着桌子上的笔记本，然后，用一根手指在笔记本上来回滑动着寻找。当他找到这个名字的时候回答说：

"有啊，老弟，我们班有这个学生。"

"我想问一下，他是升级还是留级啊？西蒙·阿德里亚诺是我的侄子。"

"哦！太好了……这个学生……啊……这个学生……我是想说，我非常喜欢这个孩子。他平常在学校表现可以。但是他没有……他没有能……我是想说，我现在还不敢确定他是否能升级。不过，我给你说实话，他没有能够……"然东博看着曼吉亚麻吞吞吐吐地说。

"然东博老师，我的侄子是升级还是留级啊？你直接跟我说，不要遮遮掩掩的。请你直接跟我说，我不是很明白你的话啊！"年轻人曼吉亚麻跷着二郎腿，眼睛直勾勾地看着然东博。现在的然东博感觉自己的脖子后面一直冒凉风。他结结巴巴地说：

"不，你的侄子还可以啊！西蒙·阿德里亚诺小伙子升级了！对不起，老弟！我刚刚讲得不是很清楚。我把你侄子的名字和另外一个孩子的弄混淆啦。现在我看清楚了。一个学生叫西蒙·阿德里亚诺，另外一个学生叫西蒙·弗兰西斯科。刚刚我把他们两个人的名字弄混了，你的侄子西蒙·阿德里亚诺他可以升级……"

"让我们亲眼看看你的本子啊！"一个女人吵嚷着，"像他这样的人怎么能在村子里当老师呢?!怎么能是老师呢?"

"我不是老师,我是什么啊?"然东博问道。

"你就是一个贼!我告诉你,如果我的儿子留级,我就把你送到军事警察局。为什么这个学生可以升级,其他的学生不能升级啊?"

"女士,你闭嘴吧!最好不要再说话。你可以去军事警察局叫你的亲戚帮忙,不过,我告诉你,我从不畏惧任何人的恐吓。"

"好!我们走着瞧。"女人大声说。

"你的儿子是一个差学生,还是一个逃学大王。你想让我怎么帮你?我已经不是一次两次叫你到学校来了吧?可是,你知道为什么我让你到学校来吗?你自己的孩子你不教育,现在要我怎么帮你啊?"

"你是怎么帮助曼吉亚麻——就是这个年轻人的侄子的?"

"这个年轻人的侄子学习成绩优异,所以,我才让他升级。"

"不对!是你害怕这个年轻人你才让他的侄子升级。你心里害怕这个强壮的年轻人。"

"这位女士,我并不是害怕他。那个学生的学习成绩的确非常优异……"

"你就是因为害怕他,并不是因为他侄子的学习成绩好。你直接回答我们的问题,不要在这里拐弯抹角……"

"我怎么拐弯抹角了?你们让我怎么说?我尊敬的女士们、先生们,今天我已经讲完我自己要说的一切了。"然东博打断了那女人的讲话,他不想再继续探讨此类话题了。这时,所有的女人都站起来说:"你说什么啊,会议结束?然东博,你怎么能这样结束会议?!我们还有很多问题没有得到解答。你怎么能以这种方式结束我们的谈话？"

"你们在这里还想说什么啊？你们刚刚说得还不够吗？"然东博反问道。

"大家还有很多话没有说，我们看见很多没有底线的事情，这关乎一个像贼一样的老师……"然东博听到这里微笑起来。

"你笑什么啊？我看你过不了多久就要哭出来了。"

"我自己想笑，你们管得着吗？你们知道我为什么笑吗？我们坐在这里这么长时间，却没有说出一句有用的话。现在，到了会议散场的时候了，你们却说有很多话没有说。你们到底想说什么啊？你们还说我像一个贼，你说说哪个贼会像我一样啊？"

"然东博老弟，并不是我们大家不想说。"萨布里塔看看一旁的曼吉亚麻继续说，"我们大家心里有很多话要说。可是，这是我们第一次近距离地看这位年轻人啊，所以我们心里多少有点害怕。我们大家一直都在听他说话……关于你像贼的事情，我们心里都知道，你是一个很不错的老师。当然，你自己心里也应该明白。刚刚是我这张破嘴一不小心说漏嘴了。"萨布里塔一脸严肃地说。萨布里塔是一个办事严谨、一丝不苟的女人。她也一直想向大家展示出她的坚韧。当然东博拔腿想要离开教室的时候，她大叫着他的名字。

"什么你的破嘴？我的大妹子，你到底想说什么？"

"我是一张破嘴啊！其实，你什么都没有做。你什么错事都没有做啊！"

"你刚刚还说他是一个贼啊！"图图利亚女士说道。

"大家听老师说吧，让他把话说明白啊。"萨布里塔说。

"你这个老娘们让我说什么啊？"然东博问道。

"你把在学校里发生的一切事情都给我们讲清楚。"

然东博心里非常生气,他愤怒地站在那里一言不发——这天已经发生了不止一次两次的争执了。

"我们看你怎么安排我们的孩子。如果你让我们的孩子留级,我们会给你点颜色瞧瞧。大家会让你知道做贼的下场。每个小偷都有他自己偷窃的方式。我们知道,每个人只能靠自己的辛苦劳作才能得到美味的面包;但是,如果你靠窃取的方式弄我们的钱那是绝对不可以的。今天,我们丢点钱,说不定明天可以挣回来,大家会努力为明天工作。我们努力地工作是为了自己的儿女。我们把自己的孩子交给你,你应该尽职尽责地教育他们,你听到了吗? 我们希自己的孩子能得到奖学金,这不该只是我们全体家长的愿望,也是你的愿望。但你把自己的孩子也安置在这个学校,你是不是想抢占奖学金啊? 现在,你作为这个学校的老师,你做出了什么成绩? 我们的孩子在学校很长时间了,连简单的字母 A 也不会写。这样下去我们的孩子岂不是要成为大字不识的文盲吗? 我们尊敬的神父夫妇在这里开办学校,让你在这里负责教学,可是,你怎么能这么不负责? ! 我们知道刚刚说的这些话你会反对;可是,必须让你明白我们不是傻子,我们来这里并不是来跳舞的……"

"是啊,我们想让你知道,大家反对你这样的教学方式。现在我们都别走。"

"我们都别走! 今天就让然东博付出代价。"

"对啊! 我们不能这样结束会议。如果他不理会我们的抗议,我们就不能结束会议。"

那些女人们一边说着话,一边慢慢地靠近然东博:

"然东博，如果你在我们兰热村，我早把你这张猪脸打扁了。混账东西，瞧瞧你那张让人厌恶的脸！"

　　"怪不得然东博要从临近的村子到我们村子里来执教。你肯定是在那个村子里骗取了很多家长的钱。"

　　"你说的是真的吗？"

　　"你们不知道他的所作所为吗？"

　　"我们不知道他在那个村子的事情啊！"女人们异口同声地说。卡吉达女士认真地讲了然东博在附近村子的工作情况。她清了一下嗓子说：

　　"以前，然东博是一个好老师。但是，他的土匪做法断送了他的前程。他来这个学校教学之前，曾经在邻村的小学任教。"

　　"哦，真的吗？"

　　"当然，就是那个临近的村子。那个村子的全体村民拒绝让他为自己的孩子当老师。有一次，学生家长们还聚集在一起把他打了一顿。不得已他才在家里休息了一个月的时间。"

　　"这么说，我们这些孩子成了那些孩子的替代品，是不是啊？"

　　"大家又不是弱智，为什么要让孩子们当替代品！我们也应该进行反抗啊。也许，他是掐住了我们的软肋，知道我们不敢对他动手。如果他承认自己的错误，我们可以不再追究他的责任，不再讨论此事。毕竟在家里负责打鸣的是公鸡，它可不想做奴隶。希望然东博他也会慢慢地改变。"

　　一个女人高声说："是啊！然东博是掐住我们的软肋啦！"

　　"那又怎么样！难道我的孩子在这里上了三年学却只能在同一个年级吗？"

妇女们靠近然东博说：

"如果你认为你抓住了大家的软肋，那你就完全想错啦，你听见了吗？那个村子里的女人能做出殴打你的事情，我们这个村子里的女人也可以。你如果不相信咱们走着瞧。"女人们挥起巴掌"啪啪"地重重地打在然东博的身上。她们接着说："你小心一点，别认为我们女人都是吃素的……"

然东博老师被几个女人连拍带打，作为一个男人他应该进行防卫；但他却没有进行防卫，反而选择了躲藏——推来搡去，以至讲台上的纸张和粉笔散落一地。女人们一直对他不依不饶，一旁的老者和孩子们赶紧上前劝阻；但是，他们的劝阻没有起到任何的作用。然东博被在场的女人们围在了正中间。

"你们千万不能动手打老师，咱们君子动口不动手啊。"

"好啦，姐妹们，大家别动手打人啊！"

"你们放过这个男人吧。"

但是，那些女人们并不愿意饶恕然东博。看来只有曼吉亚麻才能劝阻她们。曼吉亚麻慢慢吞吞地站起来，走到她们身边劝阻她们说：

"大姐们，你们有自己的道理。我刚刚坐在那里已经听见了你们的对话，觉得你们说得都很有道理！但是，还请你们大家饶恕这位老师吧。"

"我们说得都对吧！这个混蛋老师窃取我们的钱已经很长时间……以前，我们都没有把事情说清楚。"一个女人回答。

"是啊，我的姐妹们！这次咱们饶恕他，再说了，这世界上谁没有犯过错误呢？"

"你说的一切我们都明白，但是，你不能这么打断我们的谈话！"

"好吧，我的大姐。我不再多说什么，我现在求你们不要难为他！"

"好吧。这次我们看在你的面子上，饶恕这个混蛋然东博。"

"好的，好的，如果不是看在你曼吉亚麻帮他求情的面子上，今天，必须让他尝尝我们的无敌神拳。"

"好，我明白了。你们这么做都是看在我的面子上。"曼吉亚麻点头说。

"我们饶恕他是看在你的面子上。不然，我们才不能忍受这样的恶气。"

说完，在场的女人们开始慢慢地散开了。然东博老师像一个霜打的茄子，他已不知如何是好了。不大一会儿，那些女人们都离开了那间教室。

三

拍打然东博的人之中，有个阿南哥拉村知名的女人，她名叫玛丽亚·波罗塔，然东博在学校的所作所为惹怒了她。霍尔海和阿泽韦多老汉两个人的事情在村子里也慢慢传开了。

这一天，玛库拉塔女士跑到学校里向老师告状，说在自家院墙上写了很多标语，比如："雅内罗在胡同口等着狠揍玛丽亚。"玛库拉塔女士的女儿玛丽亚也在这所学校上学，所以做母亲的认为雅内罗是这帮写标语的毛孩子的头头。但是实际上，这件事情和雅内罗没有任何的关系。在那些孩子写这些标语的时候，雅内罗还没有转学到阿南哥拉村，他还在赞加多村上学。然而然东博老师不肯听雅内罗的解释，他固执地认为一切都是雅内罗所为。他心中一直对雅内罗这个差生存有偏见，也不听其他学生的解释；况且来告状的女人还是曾在学校里重重地赏给他几巴掌的女人。于是，心中恼火的然东博老师把所有的怨气都撒在了雅内罗的身上。

小伙子们看见自己的老师这样不讲理，心里非常生气，他们决定在随后的教师测评当中对他进行"报复"。

一切正如孩子们预想的一样，学校组织学生们唱国歌（此时，安哥拉为葡萄牙殖民地，所唱歌曲为葡萄牙国歌。下文中的国旗也指葡萄牙国旗）时，学校的赞助人安布罗西奥神父和他的妻子安吉丽娜两个人前来学习观摩，同时，两人要对然东博老师进行职业测评。可是，让他们两人生气的是，在国歌演唱中出现了脏话。

然东博老师的心里非常着急，他听出这句脏话是从教室的最后面传出来的，便拿着手中的棍子吓唬后面的学生。安布罗西奥神父向他打了个手势，让他不要着急，并示意学生们再唱一遍。然东博手中的教鞭上下翻飞，给学生们打着节拍，他开始唱：

> 海上的英雄，高贵的人民，
> 英勇与永恒的国度，
> 让今天再次彰显葡萄牙的辉煌吧！
> 在记忆的迷梦中，
> 祖国发出她的吼声：
> 你们伟大的先烈，
> 一定会领导你们直至胜利！
>
> 武装起来！武装起来！
> 捍卫疆土！保卫领海！
> 武装起来！武装起来！

为祖国战斗吧！

　　冒着炮火前进，前进！

　　但是，当学生们在重唱最后一句"冒着炮火前进，前进"时，却唱成了"冒着××前进，前进"。

　　脏话是从教室的墙角处响起来的。然东博迅速来到教室的最后一排看是谁唱错这句歌词；但是，那个声音消失了。

　　神父安布罗西奥听完学生们的演唱，一直在摇头。神父的太太也不住地摇头。他们两人要求学生们分排进行演唱，而且，只演唱"冒着炮火前进，前进"这一句，后来，神父让然东博走下讲台，由他来亲自指挥；可是，情形依旧。

　　神父打开他的随身文件包，从包里面拿出一张纸，将它展示给所有的学生，他说：

　　"同学们，你们知道在这张纸上画的是什么图案吗？"

　　学生们异口同声地回答：

　　"知道，老师。"

　　"请在座所有的同学一起告诉我，这张纸上画的什么啊？"

　　"国旗！"

　　"请你们大家大声重复一遍，画的是什么？"

　　"国旗！"

　　"对啦，你们都回答正确。"神父停顿了两秒钟，又接着说，"国旗是我们国家的象征！人民保卫着自己的国家，人与人相互尊重。我们热爱自己的土地，热爱我们自己的家人，我们热爱的人和热爱我们的人都是我们的同胞，这些构成了我们的祖国。你们明白了吗？"

"我们明白了，神父！"学生们回答。

"哪位同学能给我解释一下我们的国旗象征着什么。"

泽·坎布塔举起手并回答说：

"国旗象征着我们的国家！"

"除了国旗之外，还有什么东西能象征我们的国家呢？"神父一边问一边用眼睛搜寻想要回答问题的学生。小伙子西基蒂尼奥把手举得高高的，但是神父却没有点名让他回答问题，而是选择另外一个学生回答问题。那个学生回答了问题，不过，答案却是错的。然东博老师着急地抓着自己的胡子。西基蒂尼奥又一次把手举得高高的回答说：

"另外一个能象征我们国家的是国歌！"

神父夸奖说："很好，回答非常正确！"他又接着说，"对啦，你们都是祖国的花朵，应该知道我们国旗的颜色代表什么，应该学会怎么解释我们国歌的歌词……我的孩子们，你们应该好好地学唱国歌，做一个真正的葡萄牙人。所以，你们大家必须唱好我们的国歌。"

这时，然东博已经是满头大汗了，甚至是满身大汗。在吵闹的教室里，他竭力想找出那个唱错国歌的孩子。尽管他一开始便认为是雅内罗那些人故意唱错的，可是，他手中并没有确切的证据能证明是他们故意唱错。所以，他要求学生们分排进行演唱，可是，仍然不能发现唱错者。神父安布罗西奥和他的妻子决定让大家再重新演唱。

神父回到自己的座位上面，命令大家一起唱：

海上的英雄，高贵的人民，

英勇与永恒的国度，

让今天再次彰显葡萄牙的辉煌吧！

在记忆的迷梦中，

祖国发出她的吼声：

你们伟大的先烈，

一定会领导你们直至胜利！

武装起来！武装起来！

捍卫疆土！保卫领海！

武装起来！武装起来！

为祖国战斗吧！

冒着××……

"你们大家停！妈的，你们不要再唱了！"然东博老师打断了孩子们的演唱。

他像一根紧绷的琴弦，走到第一排学生面前让他们演唱，然后，问一个学生：

"你跟我说，到底是冒着什么前进？"

教室里所有的学生都不敢发出声音，只是眼睁睁地看着老师用力地拍打着自己的额头。然东博又走到另一个学生的面前重复着前面的问题：

"你跟我说，到底是冒着什么前进？"

这名学生也不敢出声，没有回答他的问题。有几个学生小声议论起来——也许，是一些学生想让然东博老师离开这个学校才故意唱错的。

然东博问完第二个学生后，又走到第三个学生的面前，他没有再提问，而是大声地教他们唱。

　　"你们听好了，是冒着××前进吗？"然东博怒吼道，"当然不是，是冒着炮火前进，前进！大家听见了吗？我们再来重复一遍！"

　　"哦哦哦！好的，老师！"同学们无精打采地回答。

　　然东博又问："你们听见我教的什么了吗？"

　　"老师，我们要一起唱脏话吗？"

　　"唱什么脏话啊？我跟你们说过，脏话不要唱，我觉得脏话就是你们几个小毛孩唱的。"

　　"老师，不是我们唱的。"

　　一个坐在教室中央的学生站起来大声说："老师，刚刚你也唱脏话了啊！刚刚我们大家都在唱'冒着炮火前进'，可是，你为什么要教我们'冒着××前进呢'？"他说完，在座所有的学生都呵呵大笑起来。

　　"安静！"老师拿着教鞭在学生的桌子上狠狠地抽了一鞭子。安布罗西奥神父摇着头打断他的讲话，他对着然东博说：

　　"尊敬的然东博先生，这都是你工作不到位的问题啊！请你明天来教堂的宗教所一趟，我们谈谈你的工作问题。"

　　"哦！尊敬的安布罗西奥神父，请你不要这样对我啊！"神父没有回答，只是把这次考评的结果装进了信封里，然后，向他的妻子比画了一下就离开了。然东博老师赶忙跑到他们二人面前哭诉着：

　　"尊敬的安布罗西奥神父和尊敬的安吉丽娜女士，请你们不要把我辞退啊！我还有一家老小需要照顾和供养，他们每天都需要面包啊。"

"面包的问题请你不要担心，我们教会的宗教所会给你们提供的。"

"哦，不！神父先生！"然东博双腿打战地拉着神父。

"尊敬的神父，请你原谅我吧！人无完人啊，谁还没有犯错误的时候啊！"

"然东博先生，请你先松开我！我已经跟你说过了，请你明天到教会的宗教所来。"

"我的神父先生，请您顾及一下我的生活！请您照顾一下我的家人。我有十一个孩子，这可不是一个小数目。而且在上个月，我的小姨子们和我的侄子们都来我家居住了，还有年老的母亲，她也需要人照顾……"

"好吧，你说的这些我都知道了。明天你到宗教所我们帮你处理问题。"

"我的神父先生啊，您为什么非要辞退我啊？！我是一名优秀的教师。以前，您这位尊敬的神父也是这样评价我的。您以前也称赞过我……尊敬的安吉丽娜夫人，请你帮帮我吧。如果你的丈夫安布罗西奥神父辞退我的话，以后我的家人吃什么？我们会饿死的啊。"然东博苦苦哀求。

安吉丽娜夫人是一个心地非常善良的女人，她帮他向神父求情，希望能给他最后一个改过的机会。神父心中非常纠结，但到最后他还是同意了。这时然东博心里的石头才算落地。他命令所有的学生站成排，开始升国旗。国旗在旗杆上慢慢地升起，同时，学生们在老师指挥棒的指挥下开始演唱激昂有力的国歌。突然，老师用指挥棒做出一个停止的手势——让所有的学生停止演唱——他怕学生们没有弄明白刚才他说那话的意思。所有的学生都停止了演唱，除了雅内罗外。站在雅内罗旁边的西基蒂尼奥用胳膊撞了他一下，让他停止演唱；但是为时已晚，他并没有停止演唱，反而把那句脏话唱了出来。在场所有的人都把目光投向脏话发出的地方。

　　当学生们把异样的眼光投向雅内罗的时候，然东博也觉得自己的脑子疼。老师的心中认定是雅内罗那帮小毛孩故意难为自己；也许，是雅内罗的表哥霍尔海，也许是泽或者西基蒂尼奥，还有可能是托尼托。但是，托尼托的可能性不是很大；因为他是这帮孩子中最不爱讲话的。

　　然东博并没有忘记刚刚在教室里进行教师测评的事情。他拿起教鞭开始对雅内罗进行鞭打。教鞭重重地打在小伙子的身上；接着，老师又开始用巴掌进行殴打；然后，又用头顶小伙子雅内罗；再后来还把雅内罗的头往黑板上撞——然东博几乎用完所有的绝招。由于雅内罗是一个性格倔强的孩子，所以他一直不向老师求饶。直到疼痛难忍，雅内罗才开始反抗。他跳起来用自己的头撞击老师的肚子并试图逃跑。在他最后一跳的时候，他的头碰到了老师的嘴唇。然东博气急败坏地把雅内罗的头按在桌子上面。小伙子极力反抗，一不小心竟栽倒在了地上，脑袋着地，晕了过去。

　　事发突然，但安布罗西奥神父还是把这件事的前前后后看了个清楚。第一个冲进教室抱起雅内罗的人是安吉丽娜夫人，她心里非常害怕，把头放在雅内罗的胸口上听是否还有心跳声；然后，又判断是否有呼吸；接着，她跑到学校的水窖边打了一碗水，把手绢放在水中浸湿后放了雅内罗的额头上。一些学生聚集在事发地，还有一些学生则往学校外面跑，他们边跑边大声呼叫着：

"老师杀人了！老师杀人了！"

"他杀谁了啊？"一旁的人们问。

"你的老师杀谁啦？孩子，停下来，给我解释清楚。"

但是，孩子们一直在大街上奔跑着，没有一个孩子愿意停下来解释刚刚发生的事情。有三个女人刚刚从水池旁边回来，她们试图拦下一个小伙子让他解释清楚：

"这个小瘪三，你赶紧停下来。我们想知道刚刚发生了什么事情？我们几个人想知道事情的经过。你们为什么不回答我们的问题？这些孩子，像没头的苍蝇在这里乱飞。小瘪三，你快说，到底是怎么回事啊？不然，小心我们几个用水把你浇得浑身湿透。到底是谁被杀了啊？"

"是一个学生！"小孩回答说。

"是啊，我知道是一个学生，可是，这个学生没有名字吗？"

"他的名字叫雅内罗！"

"我靠！这个名字怎么那么耳熟啊！"一个女人大声惊呼着，仿佛她知道些什么。她接着说："我好像认识这个小伙子。让我想想，雅内罗是哪个村子的啊？啊，对了，那个叫弗兰塞西尼亚的女裁缝，对不对啊？"

"对，他是弗兰塞西尼亚的弟弟。"

"啊啊啊，那个孩子挺好啊！他做什么坏事了？他还是个孩子，如果真是弗兰塞西尼亚的弟弟……我不知道该怎么办。但是，他到底做了什么坏事啊？"

"他没有做坏事啊。"

"那为什么那个人要杀死他？再说，弗兰塞西尼亚她知道自己弟弟的事情了吗？"

"估计她还不知道，刚刚发生啊。"

"尸体在哪里啊？"

"还在学校里啊。"

"我靠，我要去学校看看！我去看看自己的好姐妹弗兰塞西尼亚的弟弟的情况啊。"

"哦，你们两个去看吧！我可不喜欢看死人。"三个女人当中的一个说道。

"我也跟你一起去看看怎么回事。如果阿尔瓦里达妹子不喜欢看死人的话，就让她在这里帮我们照看水桶。"另一个女人说道。

但是，阿尔瓦里达大妹子有她自己的主意，她说：

"我们每个人都有自己的生活啊，我也有我自己的家啊，我怎么能留在这里啊？你们两人都跑去看热闹，让我一个人在这里看守水桶……"

"哎呀，我们两个人不耽误时间，一会儿就回来了。请你帮忙看一下。"

"我想知道你们去那里要多长时间？"一边说着，这个女人一边继续走她的路。她还自言自语道：

"哎，真讨厌！事情怎么能这么安排呢？！你们让我说什么啊！一个老师的职责就是教书育人，怎么还在这里杀人啊！……不要说太多了，现在的罗安达快变成人间地狱啦。有很多的农民离开自己的村庄跑到城里生活，他们也在这里艰苦地过日子……在农村，人们每天都按部就班地工作生活，怎么可能像这里总是听见杀人的消息。在这里，在嫉妒痛苦中去世的人比惨死在钢刀下的人还要多……"

那个女人走到自己家附近的胡同口，消失在胡同的最深处。没人知道她是否还会继续唠叨，但她刚刚说的那些事情确实一直在大街小巷上一幕一幕地上演。最坏的事情是，明明知道不幸的存在，却无法将它消灭。

小孩子们在大街上奔跑着传播然东博杀人的消息。如果再推迟几分钟，就会有几个女人来到教室和然东博好好地算一笔账。她们分别是萨布里塔女士、卡基乌达女士、福斯塔女士。她们几个人一定会走进教室抓住然东博，并且把他打出教室——就像然东博在邻村学校任教时那样，打得他一个月卧床不起。

幸运的是，雅内罗晕倒之后，神父夫妇立即把雅内罗送到了医院。不然的话，附近的村民看见这情形也会打他。

这次算然东博走运了。霍尔海、泽·坎布塔、西基蒂尼奥和托尼托等人都赶去附近的裁缝铺通知雅内罗的姐夫卡布莱尔。听说此事后，卡布莱尔叫上一些工人和一些朋友，手里拿着皮带、木棍、铁链要去狠狠地抽然东博。但是当他们赶到学校的时候，雅内罗和然东博已经都去了医院。卡布莱尔先生又返回自己家中，换上一身很正规的衣服，这才跑到医院询问雅内罗的伤情。

在雅内罗送往医院之前，他已经恢复了知觉。在医院里，神父夫妇心情非常紧张，忙着询问主治医师雅内罗的病情。然东博看起来好像没有太多的精神压力；但是，村民们尤其是家长们对他恨之入骨。这几天，弗兰塞西尼亚患了重感冒，一直卧病在床，不然，村子里肯定会发生另外一起令人震惊的事件。

安布罗西奥神父将然东博直接从他的教师退伍中踢了出去——就是说，然东博被辞退了。

四

　　塞萨尔先生是被委派到学校代替然东博的新老师。他是一个年轻的老师，能讲一口非常正宗的葡萄牙语。他全身充满了正能量。他把整个学校维修了一遍，所有的墙壁都重新粉刷，屋顶的铁皮瓦也被更换一新。他让学生们找来一些植物种植在校园里，还让他们把一些空瓶子收集来改制成喷壶给这些植物浇水。他们师生合力在学校前面整出了一个漂亮的小花园。他们还找来一些木桩剥去树皮，把这些木桩做成临时的凳子。在学校的后面，他们清理出一片空地作为踢足球的场地。后来，根据班级和年龄的不同，塞萨尔先生还组织了几个小型足球队。在教室里，大家聚集在一起高唱国歌，他还在教室里检查学生们的着装和清洁程度，有时检查他们的指甲和头发是否卫生。他要求学生们的服装必须干净并熨烫平整，脚上的鞋子自然也要干净如新。他不喜欢学生迟到，更不允许学生迟到十五分钟以上。上课的时候，他喜欢和自己的学生进行面对面的交流，他要求学生和他聊天，并相互信任对方。他说千万不要把他当作老师，而要把他当作朋友。他说如果老师和学生的关系成了猫和狗的关系，那么这些学生肯定学不好文化知识。在课堂上，他要求，而且是严格要求大家讲标准的葡萄牙语。他说，他要教会大家讲标准的葡萄牙语。有时候，学生在讲"我的"时总是讲成"俺的"，在说"你"的时却说成"恁"，类似这类的方言式的葡萄牙语，塞萨尔老师是完全不接受的。他从学生发音的小毛病入手，慢慢纠正。让这些学生在学习葡萄牙语方面得到了很大的提升。

这时的学校才像是一个正规的官方小学学校；当然，其实并非如此。众所周知，这所学校的出资者是基督教会。从星期一到星期六，学生们都在此上课学习。星期天，红衣大主教、神父们以及大量的信徒会聚集在这里做弥撒。

小伙子雅内罗和他的老师塞萨尔关系非常融洽，慢慢地，他从自己老师身上得到很多正能量。他的心也像一本书慢慢地打开了。他这本书打开之后，就一直往前看，曾经过去的事情就让它随风飞走吧。他这本书找到了自己正确的方向，找到了属于自己的人生路——一个真正男人应有的路。他希望自己能像他的老师塞萨尔一样年轻有为。

据说，塞萨尔在来这里任教之前，已经是一位名扬内外的好老师，受到同业老师和学生的敬仰和爱戴。塞萨尔也曾说过，如果我们想赢得别人的尊重，那么我们应该学习尊重自己身边的人。在大街小巷里如果碰见路人，一定要向他问候一声，像对待我们自己的家人一样。我们应该把每一个人，无论是陌生人还是熟人，当成自己的父母、兄弟姐妹、叔叔阿姨、爷爷奶奶对待；因为只有这样他们才能真正地也把你当成自己的亲人对待。我们在学习科学文化知识的同时，也应该学会做人的道理。虽然这个村子里的孩子都是黑种人，但是塞萨尔老师却给予他们白人一样的礼遇。其实，塞萨尔老师也曾有过一段让他伤心的记忆。那是在他年轻的时候，他总是用白人的口吻和语气对身边的人说话……

后来，雅内罗立志要做一个像老师那样的人，他的表哥霍尔海以及他的朋友泽·坎布塔、西基蒂尼奥和托尼托等人都以为他是白日做梦。不过，时间一天一天过去，他们才发现雅内罗正在一点点地改变着。

雅内罗不再去墙边掏虫子，也不再把瓶子绑在车上戏弄司机，上树掏鸟窝也看不到他的身影了，他也不再去垃圾堆旁边捡垃圾，不再去偷邻居家的石榴，不再去高尔夫村的池塘里游泳，不再去高尔夫飞机场旁边观看跳伞士兵排练。

雅内罗的活动路线变得简单了，从家到学校，又从学校到家里。他的心真的像一本书一样打开了。他只是在课间休息的时候和同学们嬉笑玩耍，或者是和他们一起踢足球。

雅内罗暗暗努力，他一定要让自己变成一个有用的人。塞萨尔老师总是点名表扬他学习努力，所有的坏事也和雅内罗扯不上关系了。慢慢地，他的表哥霍尔海，朋友泽·坎布塔、西基蒂尼奥、托尼托等人也跟着他改变了。以前，村民见到他们就像见到过街老鼠一样人人喊打，可是现在，对他们却是喜爱有加。

五

　　然东博学校新来了一个女孩子，她来自桑巴市。她的哥哥叫保罗里诺，听说塞萨尔老师的名声之后，他安排自己的妹妹到这个学校来上学。

　　小女孩的名字是若安尼亚，她是一个非常漂亮的混血人。淘气的孩子们像松鼠一样围着她瞧瞧看看，因为混血的她的确是一个非常漂亮的小姑娘。她的头发黑黑的，扎着两根马尾辫，长长的辫子搭在肩上；两只眼睛又大又圆，像是天上美丽的月亮；两条腿修长，身材比例协调，穿着也非常得体。每一个从她身边经过的男孩子都会禁不住停下脚步多看她几眼。有些调皮的男孩会在她经过的时候吹口哨。还有一些男孩子会大声说："若安尼亚，我爱你！若安尼亚，我崇拜你！若安尼亚，你是我的花，你是我人生中唯一的花朵。"男孩子们乐于围绕在她的身旁。但是，小姑娘若安尼亚却对他们不理不睬。她非常冷静，貌似对村子里面的男孩子不屑一顾。

村子里很多长者说："小姑娘若安尼亚是一个心气非常高的女孩子，而且她住在城里，怎么会喜欢村里这些小痞子呢？！你们对她不要抱任何的幻想。"

尽管如此，还是有一些男孩子每天都到小姑娘家所在的桑巴市等她出现，甚至为了等她而夜宿在那里。但是，小姑娘若安尼亚却从未对他们任何人微笑过。

"哎呀，这个矜持的小姑娘，我们怎么才能赢得她的芳心。难道她嫌弃我们是黑人吗？"男孩子们议论纷纷。

老者回答说："小伙子们，你们太鲁莽了，小姑娘现在才十二岁啊，她还是一个孩子。"

一个男孩子站起来说："呵呵，我今年十三岁，比她年长一岁。"

男孩子们侃侃而谈，他们想和小姑娘若安尼亚谈恋爱，或者成为她的好朋友。不过，最后他们的愿望都落空了。

六

一天，男孩子们议论纷纷——霍尔海写了一张小纸条让小姑娘苏萨娜转交给若安尼亚。苏萨娜将小纸条递给了若安尼亚。小姑娘若安尼亚没有回绝，她接过了霍尔海的纸条。看过后，她在纸条上写下一行字："你写的字非常漂亮！"这些漂亮的字是霍尔海朋友的哥哥阿帕里西奥先生教他写的。阿帕里西奥先生是一位非常出名的学者，他还是著名的诗人。很久以前，他的名声就已经在整个罗安达城传开了。他教霍尔海写下这简短的一段话后，对霍尔海说："如果你把这封情书交给她，她却没有同意和你交往，说明她不喜欢你。女人是这样子，她根本不管你写的是什么，而是看重你的人品。所以，你一定要展现出自己的人格魅力，成功与否不在于你说的话有多动听、写出的文字有多漂亮。"

霍尔海把纸条交给小姑娘之前，还在情书上面喷洒了香水——这瓶香水是从阿尼卡老太太那里偷来的。他喷洒香水之后觉得心里泛起了"爱情的味道"。

若安尼亚阅读完情书后便把它折了起来。不过,她喜欢情书中的一个东西——情书上漂亮的书法文字。她觉得霍尔海的书法写得非常好,仅此而已。

在情书中他写道:

（请你单独阅读）

多少次你在我梦中出现,梦中的你是一位有骨有肉的美丽天使。

你是我的灵魂,一个等待我轰轰烈烈去爱的灵魂。

你是我的美人鱼,一个坐在河中央石头上等待我的美人鱼。

所有的一切是我的梦想,它像现实一样,它把你带到了我的生活中。

如果你愿意和我在一起,请你把情书撕成千百个碎片。

如果你不愿意和我在一起,请你亲自把情书还给我。

小霍尔海

第二天是星期六,学校被大家打扫得干净整齐,学校也焕发了勃勃生机。一些人在花园里面松土,一些人在教室里打扫卫生,一些人在嬉戏打闹或者跳民族舞蹈。若安尼亚则在学校里四处寻找霍尔海,最后才在学校后面的操场上找到了他。霍尔海正和自己的小伙伴们在那里踢足球。小姑娘做手势让他过来,霍尔海赶紧跑向美丽的若安尼亚。若安尼亚张开手把纸条还给了霍尔海。霍尔海看着小姑娘说："为什么啊？你明白我……"
若安尼亚支支吾吾不知道说什么好。她看了一眼霍尔海，急忙
走开了。霍尔海用手擦擦额头上的汗水，没有心情再去踢球了。
在场所有的人都想知道事情的经过。小伙伴们得知若安尼亚来
是送还情书的后，追问霍尔海事情的结果。霍尔海浑身无力——
连站着回答他们问题的力气都没有了。他赶紧找了一块大石头
坐下。一些朋友站在一旁猜测事情的结果，另一些人好像已经知
道事情的答案了。这个答案像是一颗重磅炸弹在雅内罗表哥霍
尔海的心中爆炸——一个人站在一旁说："这个哥们的爱情之
果陨落啦！"

"哈哈哈！"在场的人听见他的话都大笑起来。

从安布罗西奥神父在学校对然东博进行测评起，孩子们才
意识到原来很多事情都可以往好的方向发展。

雅内罗坐到自己表哥霍尔海的身边，他把手放在霍尔海的
额头上，然后，又把手移到他的胸口上说：

"我的好表哥，你真的喜欢她，你是从心底里爱她；现在却
被她拒绝了，好像霜打的茄子，整个人都蔫了。"

"哈哈哈！"一帮人听了雅内罗的话更加笑得合不拢嘴。

"霍尔海，你别难过。你千万别在我的面前哭鼻子！"

霍尔海坐在那里假装和他说话，却趁他不备一个箭步上前
抓住他的衬衫，并使劲地前后摇晃他。那时的霍尔海觉得自己非
常口渴，但是在失败面前，在众人面前，他却不能说出口，只能
强忍着。

泽·坎布塔走到霍尔海的身边，用手轻轻抚摸着他的头发说：

"霍尔海，你放过那个小伙子。这可能是你的命运。原来我

们大家说到你的时候，你总是在一旁大汗淋漓……即使到现在你也没有改变你的本性。这样的事情我们也不是第一次给你指出来了。你应该回到布雷罗村让人帮你算一卦，你毕竟是从那个村子里走出来的……"

"他怎么是布雷罗村的人？我记得霍尔海是在圣耶稣村出生！"托尼托说。

"我才不相信啊。雅内罗，你别帮你和你表哥隐藏出生地啦。你告诉大家，你们两个人到底是在哪个村子出生的？"

霍尔海打断了他们的话，大声问道："你们想问雅内罗在出生地做过什么吗？"

"哈哈哈！"大家又笑了起来。

"你们在笑什么啊？你们就像蠢驴，我才不和蠢驴讲话。"

"哈哈哈！霍尔海，你现在想哭吗？"

霍尔海则大声说："我哭什么？若安尼亚拒绝我没有什么值得难过的，再说，我还有自己的女朋友啊！"

"对啊！这样潇洒的霍尔海才是我的表哥。你的女朋友恩孔吉塔，我的未来的表嫂，是一个非常漂亮的女人，她长得比若安尼亚漂亮几百倍啊。"雅内罗安慰他说。

托尼托对恩孔吉塔非常了解，他们两个人居住在同一个村子里。他走上前去问：

"你们在这里说谁啊？你们说那个女人比谁漂亮一百倍啊？你是说她比若安尼亚漂亮吗？别在这里撒谎啦。"

站在一旁的人都不认识恩孔吉塔，所以只能站在一旁听他们几个人的对话。

"霍尔海，如果你跟那个叫恩孔吉塔的丑八怪谈恋爱，以后我不会去你的家里了。"小伙子托尼托停顿一下，又接着说，"那个女孩子不讲卫生，耳朵里全是耳屎，简直像一头母猪……"

还没有等托尼托说完，霍尔海就站起来跑到他的面前，恶狠狠地用双眼瞪着他，吓得托尼托赶紧往后退了几步，并且做出防卫的架势：

"霍尔海，来啊，来啊！你要是有胆量碰我一根手指头，我马上去追求若安尼亚，让你后悔一辈子。"

"哈哈哈！"大家都笑了起来，只有雅内罗跑过去抱住了霍尔海。

霍尔海使劲想从自己表弟的手中挣脱，去教训一下托尼托；但是，挣扎了几次却没有任何的作用。

"喂，你们两个人不要在这里打架。前段时间，我们刚刚约定好，好朋友之间绝对不能打架斗殴。"

"雅内罗，你别管他！你让他放马过来。我只是在这里讲真话、讲实话，我也是在这里替若安尼亚打抱不平——霍尔海根本不是真心喜欢若安尼亚；不然，他不会为了恩孔吉塔跟我血拼。"

当霍尔海看见小姑娘苏萨娜朝他们走过来时，他的心慢慢平静了下来。

苏萨娜走到他们身边看了一眼霍尔海笑着说：

"呵呵！霍尔海，你的美梦泡汤了！"

"哈哈哈！美梦泡汤了。"一旁的人跟着说道。

"喂，苏萨娜，你跟大家讲讲是怎么回事……"

"苏萨娜，你什么都不要说啊。"雅内罗急忙说。

"大家别管她，让她说个痛快。我也想听听她到底要说什么。"霍尔海说。

"对啊！让她说到底是怎么回事啊。"

"呵呵，你和若安尼亚根本没戏啊。"小姑娘笑着说。

"苏萨娜，我告诉你啊，我们下面会有更大的动作。你回去跟若安尼亚说，我们这几个人要联名对她发起猛烈的攻势，我们决定每个人都给她写一封情书。"泽·坎布塔说道。

"哦，那好啊！你们的意思是要发起团队攻势，你们每个人都要给若安尼亚写情书吗？"苏萨娜问道。

"对啊！她可以和男孩子谈恋爱，但是，这个男孩子必须是我们团队当中的一个。你回去这么和若安尼亚说。"

"瞧瞧你们几个的鸟样子，谁会愿意接受你们。"苏萨娜回答说。

"你不要管，你把我的话转告给她即可。我现在要去玩球，你想留下来跟我们一起踢球吗？说实话，你也是一个长相不错的女孩子，可是，我们不喜欢头发稀少的女人。"最后一句话泽·坎布塔是压低声音说的。苏萨娜也没有听清楚他这句话。最后，泽·坎布塔冲着她大声说：

"我们的话你一定要一字不漏地转告给她，听见了吗？"

"好的，我一定一字不漏地传达给若安尼亚。"

七

　　星期一上午课间休息的时候，雅内罗和几个小伙伴们聚集在学校的角落里，大家一起讨论如何给若安尼亚写情书的事情。最终，他们决定以人为单位，一封一封地给她寄情书；以免若安尼亚一下子把他们整个团队全盘否定。这样的话，他们几个人的胜算也要大一点，每个人也多一个面对若安尼亚的机会。谁先打头阵呢？第一出阵的霍尔海已经被"敌人"打下阵来。谁愿意在霍尔海之后，打第二阵给若安尼亚写情书？几个人相互注视着，每个人都陷入沉默，大家都在等待着那个自告奋勇的人。不过算起来，在这些小伙子当中，应该数霍尔海最有勇气，他像这个团队的灵魂人物，也像团队的一面旗帜。此时，他充满激情地说：

　　"我已经在那个女孩子面前展示过我应有的男子气概了。"

　　"可是，你失败了，他们还嘲笑你。"托尼托生气地说。

　　"不管成功与否，我问你们，我是不是已经在若安尼亚面前展示过自己了？”

　　"表哥，你已经在她的面前展示出自己的男子气概了。你也是我们团队里唯一一个在她面前不害羞的男孩子。你的问题已经解决了。我所说的都是大实话。现在，我不知道拿什么样的勇气站在若安尼亚的面前。若安尼亚喜欢讲一口纯正葡萄牙语的男孩子。她的葡萄牙语讲得非常好，不像我们在座的只能结结巴巴地说几个单词。表哥，起码你的葡语发音比较好；而且，她还阅读了你写给她的情书，还亲手把你写的情书放在信封里还给你。说实话，你比我们每个人都强。你们大家让我给她写情书，我心里一点勇气都没有。"雅内罗对表哥说。

　　"小伙子，你要酝酿自己的勇气啊！千万别害羞啊！"霍尔海一边说一边给雅内罗鼓劲。

　　"酝酿勇气不是那么简单的事啊！"

　　"是啊，的确不是一件易事。但是，我们还是要勇敢地去面对她吧？"

　　"我觉得应该让泽·坎布塔先写。因为他的脸皮厚，而且是他让苏萨娜给若安尼亚传达的消息。应该让泽第一个写情书。"

　　"我可以打头阵给若安尼亚写情书，可是你们要想想，我还要抽时间补习我的葡萄牙语。只有这样，我才能讲正宗的葡萄牙语。"泽·坎布塔急忙回答说。

　　"我们哪里还有时间准备？别浪费时间了，你第一个打头阵。"托尼托说道。

　　"我的意思是说，我的葡萄牙语水平太低。谁要是想打头阵赶紧举手报名。"

　　"靠！你们在这里简直是浪费时间，就让我打头阵吧！"西基蒂尼奥自告奋勇地说。

"好，让西基蒂尼奥打头阵。他是一个不苟言笑的人，而且他也知道怎么控制害羞。大家决定吧，让他打头阵。"

雅内罗问道："为什么他的头上也在冒汗啊？"

"出汗是人的自然反应，我们大家不用大惊小怪。只要你们记住，不要有害羞的感觉，一定能解决问题。我的好朋友西基蒂尼奥，你现在是我这辈子真正的好朋友。"霍尔海站在一旁给西基蒂尼奥加油助威。

过了一会儿，西基蒂尼奥才弄明白霍尔海对他说那一句话的含义，看着坐在一旁不住点头的霍尔海，没有别的办法，他只能硬着头皮往上冲了。

"好，小伙子西基蒂尼奥打头阵。"霍尔海大声喊道。

"西基蒂尼奥愿意去打头阵啊！"

"好吧，让我们大家为他鼓掌助威。"

"你为什么身上出了那么多汗啊？"

"没有关系。别以为自己是百科全书。你知道面对一个女孩子要比面对一部百科全书还要困难几百倍啊！"西基蒂尼奥说道。

"你的意思是说，女孩子比百科全书更难了解吗？"雅内罗问道。

"关于女孩子，你还是问问你的表哥霍尔海吧，因为，他已经了解被女孩子拒绝的滋味了。"

"哈哈哈！"

"今天好像不是我的吉祥日，大家尽情嘲笑我吧。我心里一点都不难受。"霍尔海大声说。

"为什么今天不是你的吉祥日啊？"泽·坎布塔问道。

"你们以后别再和我开玩笑了，不然，我就……"霍尔海威胁道。

"表哥，你消消火气吧！"雅内罗劝阻道。

"我怎么才能消了火气啊？"

"你的苦难日子要等到西基蒂尼奥的情书有回信才可能结束。现在，你的苦难日子还没有结束。"

"哎呀，我的天，我快要疯掉了！"

"你快要疯了啊？大家好好给你治疗一下。"小伙伴们笑着说。

"你们动我一根指头试试！"霍尔海生气地说。

"你们干什么？又忘记我们之间的约定了？"雅内罗提醒大家。

"你们想在短时间内去改变一个男孩子实在是太难了。我还是不说了。"

"话还是可以说的，但是，不要总是把你们粗鲁的一面展现出来。"雅内罗说。

他们的聊天被上课铃声打断了。

在教室里，西基蒂尼奥开始准备书写给若安尼亚的情书。男孩子写的字不是那么漂亮，写出的语句也全都是脏话，看来他根本不喜欢小姑娘若安尼亚。他在小纸条上写道：

致一个混血女孩：

我告诉你，你是这个村子里最丑的女孩子。你的出现简直是污染了我们整个村子，特别是你那张让人恶心的脸。你的眼睛是睁开的，但是，你的心灵却是黑暗丑陋的。你是否拉完屎忘记了擦屁股？你是个丑女孩，我不喜欢你，也不需要你。

西基蒂尼奥

如果不是西基蒂尼奥在情书上签了名，若安尼亚肯定会以为这是被她拒绝的霍尔海写的情书——情书上全部是脏话。这封满是脏话的情书上的签名证明这的确是来自另外一个追求者的情书。苏萨娜对她说，这是同一伙人所为，不过，最好还是比对一下两封信的笔迹，看是否出自同一个人。

在她比对了字迹之后，她已经想清楚该怎样写回信了。最后，小姑娘若安尼亚在这封情书的背面写下了一段文字，然后，把它交给了苏萨娜，让她帮忙送给西基蒂尼奥。

西基蒂尼奥根本没有想到若安尼亚会给自己回信，他就没对回信抱有任何的希望。

"喂，哥们，你跟我们讲讲回信到底写了些什么啊？"

所有的小伙伴都急切地想知道若安尼亚回信的内容。几个人聚在一起开始朗读回信：

你找个镜子好好照照自己的样子，把你的屁股擦干净。

然后，好好把你的脸擦干净。请你把我写的文字，高声朗读一遍，两遍，三遍……直到第十遍。

你的心里是否也是这么认为呢？

你那张屁股一样的脸！

看完回信后，所有的人都疯狂地大笑起来；而且，他们每个人都笑得脸红脖子粗。霍尔海更加不能控制自己的笑声。

"呵呵呵！现在，终于可以轮到我笑啦！"

"我的朋友西基蒂尼奥，你的运气比我表哥的还要差啊！哈哈哈！"雅内罗笑着说道。

泽·坎布塔乐得前仰后合，整个嘴巴笑得合不拢——他大大的嘴像是一只成年鳄鱼的嘴。

"哈哈哈！我的好朋友，你要笑死我啊。哎哟哟，我的肚子……我的肚子都笑疼啦。西基蒂尼奥老弟，霉运上门敲我家大门的时候，估计，你肯定知道啊。如果你不把情书写得那么恶心，她怎么会给你回一封同样脏话连篇的信啊！今天，你真的是把我乐坏了，今天没有人能让我这么开心。你们别管我啊，我的天啊，真是太有意思了。我要笑死啦……"霍尔海笑得全身筋疲力尽。

托尼托站在一旁，也禁不住大笑起来。他时不时地捶胸顿足以此来压抑自己的笑声。他一边笑一边摇着手，整个人笑得上气不接下气，最后，"扑通"一声坐在了地上。他强忍着笑说：

"哎呀，如果泽在这里的话，估计，我会跟他一样乐得翘辫子。刚刚乐得我好像看见耶稣神像了，我看天空所有的云彩……我实在不能再笑了。"

西基蒂尼奥也时不时地打起精神笑上几声。

雅内罗走到他的身边看着他的脸说：

"西基蒂尼奥，你看看你的后面啊。"

"靠，把你的臭手从我的身上拿走啊。"

"哈哈哈！"大家又笑起来。

他们几个笑着说："赶紧去那里看看你的屁股吧。"

"哈哈哈！"

　　霍尔海没有用手碰西基蒂尼奥，只是走到他身边先看看他的身后，然后又走到他的面前说：

　　"嗨嗨嗨！你想对我们大家说什么？我们正在欣赏自己朋友的脸啊，而且我们看到的朋友的脸，竟然和他自己的屁股一样。"

　　"哈哈哈！"

　　"我的好兄弟，西基蒂尼奥，是我们让你给她写情书，可是，谁让你写脏话招惹她了？你这是自作自受。"

　　"呵呵，这个小伙子只知道玩，根本不懂什么是谈恋爱。"

　　"西基蒂尼奥浪费了这次机会，他根本不懂什么是恋爱。"

　　"好像，他根本不喜欢女人一样。"

　　霍尔海大笑着问："他为什么不喜欢女人，难道他跟我们在座的男生不一样，没有那根小棍吗？哈哈哈！"

　　托尼托则大声说："哈哈，他那根小棍当成药材做药引子了！"

　　"哈哈哈！"

　　另一个小伙子说："呵呵，估计他那根小棍是芦苇秆做的。"

　　"哈哈哈！"又是一阵哄堂大笑。

　　西基蒂尼奥想趁机逃离这个地方，因为他不愿意被几个人取笑；但是，逃走并不是解决问题的好办法。现在他悄无声息地离开，以后，怎样面对自己的朋友呢？所以，他一直强忍着坐在那里。不过他又想，原来开玩笑是这个样子，大家坐在一起开开心心地聊天。

　　那几天，西基蒂尼奥一直忍受着朋友们的嘲笑，直到托尼托开始他的求爱攻势。

八

　　上课时，托尼托完成了书写情书的任务。当老师不在教室的时候，他把情书交到苏萨娜手中。之后，苏萨娜把这封情书转交给了若安尼亚。

　　情书的内容如下：

　　若安尼亚，

　　　　我心里非常喜欢你。当我看见你的那一刻，像是看到了神圣的圣女。在梦中，我梦见你的香吻，当我起床的时候，我的心仍在怦怦直跳。我的心里非常紧张，因为我梦到的一切并不是真实的。若安尼亚，如果你同意做我的女朋友，我向我去世父亲的灵魂发誓，我一定会把我身边最珍贵的一块手表送给你。

　　　　　　　　　　　　　　　　　　　爱你的人：托尼托

那天，托尼托一直没有睡觉，躺在床上翻来覆去坐卧难安，两只眼睛也泛起了血丝。他觉得自己像是被人放在滚烫的铁皮瓦上烘烤一样。他试图命令自己入睡，可是，每次都失败。此时，他脑子中满是若安尼亚的影像，整个人也变得精神恍惚。谁也不知道为什么他会变成这个样子，谁也不知道他为什么难以入睡。夜晚，像没有尽头一样——他闭上双眼过一个小时，睁开眼睛看着屋顶再过一个小时。他的母亲托尼亚·西科女士，守寡已经将近两年多了，她一直等到自己的儿子入睡之后心里才平静下来。她觉得是"恶魔"在折磨自己的孩子，她坐在屋里为自己的儿子祈祷。

之前，她问自己的孩子在外面到底碰见了什么难以解决的事情——难道你去偷盗了吗？你是不是在市场上偷窃掉在地上的花生米，还是你偷窃他们的香蕉了？托尼托听见自己母亲的唠叨，心中有些不耐烦，只是应付说："妈妈，我没事，你放心吧！"

"你和妈妈说说，到底是怎么回事啊？只有我明白了才能帮你把心中的魔鬼驱除。"

"驱赶什么魔鬼啊，我身上根本没有魔鬼。"

"这个孩子，难道是疯了？你难道忘记我是你妈妈了？"

"是啊，老妈，我知道啊！"

"你知道什么？你只知道吃喝。"

托尼托是这个家庭年纪最小的男孩，他下面只有一个妹妹。他的妹妹明基塔喜欢和小卡洛斯一起玩耍。小卡洛斯是雅内罗的小外甥，但从外表来看已经像一个小大人了。

当公鸡刚叫第三遍的时候，托尼托已经站在门外了。他站在门外不大一会儿，天就逐渐变亮了。他跑到商店里买了一个面包准备去上学。每个星期六是学校大扫除时间，所以这天很多学生都在打扫卫生。同时，今天也是若安尼亚给托尼托回信的时间——她总是在星期六才给那些追求者回信。

苏萨娜露出自己洁白的门牙笑着出现在托尼托的面前——托尼托非常不喜欢这个样子的苏萨娜——她站在他的面前说：

"托尼托，加油努力，恋爱本来就是这样子。"

"为什么这么说啊？"

"你拿着这封信，朗读一下便知道啦。"随后，苏萨娜把手中的信递给托尼托，便跑到和若安尼亚会合的地方去了。

这个时候，已经打扫完了，一些学生开始离校了，还有一些学生在老师的指挥下整理课桌、扫把、水桶、黑板，他们做这些是为了给星期天做弥撒的信徒们一个干净整齐的环境；况且神父到达这里的第一件事情就是检查教室内外的卫生。

雅内罗和泽·坎布塔两个人正在教室外面帮助老师清洗他的尊达普牌子的摩托车。西基蒂尼奥和霍尔海正在和其他班级的同学一起整理教室里的课桌和书本。

托尼托收到若安尼亚回信的时候，没有勇气去阅读书信的内容。他把信件交给了雅内罗，雅内罗把信装在自己的口袋里——只有大家都在场的情况下才能阅读若安尼亚给托尼托的回信。

此时，托尼托像一只沉默的羔羊，心中有种说不出的压抑感——也许，今天是大家取笑他的日子，轮到他被人嘲笑了。他心里特别担心泽·坎布塔和雅内罗看见他的样子——估计他们已经笑出声了。托尼托走进教室通知正在整理课桌和书本的霍尔海和西基蒂尼奥两个人，说自己已经收到若安尼亚的回信了。两个人听到这个信息心里特别高兴，加快了整理的速度。

"你们几个人已经打开看了吗？"霍尔海问道。

"没有啊，我现在还没有打开。"

"做得对啊！这样我们才是真正的好朋友啊！"

"回信在谁身上啊？"

"哎呀，你们加快干活的进度，别问东问西了。"托尼托紧张地说。

"哥们，你为什么那么紧张啊？"西基蒂尼奥好奇地问。

霍尔海说："估计，今天又是一个有趣的大热天。"

两个人三下五除二完成了整理课桌和书本的任务。他们三个人和老师告别之后赶到他们经常聚会的地方——学校后面的一片空地上。托尼托知道他的朋友们在期待他的消息，所以心里更加忐忑不安。其实，回信的内容非常简单。内容如下：

> 我只喜欢和你做朋友。
>
> 我们只能做朋友。
>
> ### 你的朋友若安尼亚

托尼托看着自己的朋友心里十分忐忑。因为直到现在，他们也没有哈哈大笑。接着，雅内罗又重新阅读了一遍回信的内容，然后，看着托尼托说：

"你这个混蛋，走狗屎运啦。"

托尼托听了雅内罗的话，才鼓起勇气接过若安尼亚的回信仔细阅读起来。当他看完信件后，心里特别高兴。瞬时间，他如释重负，心情好到好似他飞身九霄云外，畅游在自己幻想的世界里。

"呵呵！我是团队中目前她唯一接受的人。现在，我不担心被你们嘲笑了。雅内罗，你准备自己的情书吧，这次该你上阵啦。"

"不行，这次应该让泽·坎布塔先写。之前，他已经说过啦。"

"啊！你不是要逃避吧？"托尼托说道。

"我怎么会逃避呢？这次应该是泽·坎布塔上阵。如果不相信，你可以问他啊。泽·坎布塔，难道你会变卦吗？"雅内罗看着泽·坎布塔说。

泽·卡布塔没有回答。他只是傻傻地坐在那里，心中暗想，该到我出场了，我该怎么办呢？我要不要兑现自己的诺言呢？

"接下来，大家看泽·坎布塔的！"

在场所有的人都看着泽·坎布塔。

"他究竟同意不同意啊？"

"我们非常看好泽·坎布塔。"

"泽，你难道想反悔吗？好哥们，你千万别理会雅内罗所说的每一句话。你放心大胆地往前走。"霍尔海说着走到泽·坎布塔的身边，但是，泽·坎布塔拒绝了：

"哎呀，霍尔海，说实话，我自己真的不敢写情书。"

"哈哈哈！"听了他的话，大家都笑了起来。

托尼托站起来大声说：

"这位好哥们叫泽，他和我的爷爷同名。"他冲着伙伴们眨了一下眼睛，又继续说，"泽，你不要理会他们的看法。你看，这是若安尼亚给我的回信。你可以再读一遍……"

"托尼托，我说过啦，这件事我不想参与！这件事是百害而无一利。我现在跟你们摊牌啊，这事我不会继续参与了！"

"哈哈哈！"其他人听见他的话都笑了起来。

"泽，你难道认为我做的事情是百害而无一利的吗？"霍尔海高声问道。

"我觉得你做的事情没有任何意义，是在浪费自己的感情，简直是一坨臭狗屎啊。"

"哈哈哈！"又是一场大笑。

"泽，你实在是太窝囊啦，还没有上战场已经成软蛋了。你这个样子什么时候能娶媳妇啊？"

"什么时候？"泽·坎布塔问道。他眼睛中充满了怒火——泽·坎布塔心里强忍怒火已经很长时间了。

"泽，你让我们等的时间太长了。"

"你再稍等一下——"泽·坎布塔从地上站起来，接着，他提提裤子用手拍打拍打屁股上的沙子。

"好哥们泽，现在你不是要逃跑吧？这里都是你的好朋友。你也是我的好朋友，我不希望因为这件事丢掉你这个好朋友。"说着，霍尔海走到了泽的身边。但是，泽一把把他推开了。他生气地说：

"霍尔海，我也不喜欢失去你这位好朋友，我也知道，你是我最好的朋友……但是，这件事我确实不想再参与了。"

"难道，我不是你最好的朋友吗？"霍尔海追问道。

"是啊，你是我最好的朋友；但是，我不想参与情书这个游戏啦。"

"既然我是你最好的朋友，你还生什么气？你为什么不愿意参加？"

"你们想让我参与这件事情，不就是想在星期六看若安尼亚给我的回信吗？"泽·坎布塔说。

"对！难道，你已经知道她给你的回信是拒绝吗？"霍尔海风趣地说。

"我觉得泽·坎布塔非常好，说不定能争得她的芳心。"托尼托猜测着。接着，他又说道："我估计泽在他们村子里进行过占卜了。听说那个村子里有很多人懂占卜星相。他们是不是已经把结果告诉你了？那些人都不是一般人。"

"不过，那些懂得巫术的人是一帮流氓，特别是在人民村附近的巫师。如果泽去求仙问卜，他就是一个大笨蛋。"托尼托又说道。

"那个大笨蛋是你爸爸！"泽·坎布塔回答说。

"哈哈哈！"几个人都笑了起来。

"不对！托尼托可不是混蛋。泽·坎布塔和西基蒂尼奥两个人才是大流氓。"霍尔海说道。

西基蒂尼奥听到霍尔海的话，从地上站起来说：

"嗨，霍尔海，大家可别转移话题方向。今天，可不是我上阵的日子。你们尽量别往我的身上说。不然，我现在马上离开这里。"

"哈哈哈，你们看看，西基蒂尼奥心里害怕了。"

"没有什么值得害怕的。我写情书的日子已经过去了，大家还想让我怎么样呢？"

"是啊，你说的很有道理。你写过情书，也被她无情地否定了。上帝也会原谅你的无知的。过去的事情让它过去吧。"泽·坎布塔说道。

霍尔海问道："为什么让它过去呢？那天，我们商议写情书的时候，你不是也没有否决我们的决定吗？现在，你怎么能食言啊？你究竟想说什么？我们都说过，今天并不是你的情书日。"

九

泽·坎布塔经不住自己同伴的怂恿，开始慢慢构思自己的情书了。可是想了许久，脑子里依旧一片空白，只记得自己同伴写情书被人耻笑的事。不过，最终他的亲笔情书还是通过苏萨娜转交给了若安尼亚。

收到回信的泽·坎布塔心中非常生气，他想揍若安尼亚一顿，但是被自己的同伴劝阻了。

在给泽·坎布塔的回信中，若安尼亚用红颜色的笔把信中所有的错别字和语法错误的地方标注了出来，并在旁边加上标注；而且，她在情书的上方写着：

共计十五处错误，七处不会写而留的白。

在情书的背面写着大大的黑字：

请把所有错误的文字重新书写，每个错字必须书写十遍。

泽·坎布塔害羞地不敢看自己的朋友们。

雅内罗笑得捂着肚子倒在地上。霍尔海急忙跑到房子的墙角处，因为他有点内急——站在墙角开始撒尿。

泽·坎布塔和西基蒂尼奥两个人站在那里抬起脚来想要踢打对方。托尼托则无奈地站在他们两个人的中间。在场没有人想到若安尼亚会以这种方式拒绝泽的求爱。托尼托擦了擦脸上笑出的眼泪。西基蒂尼奥觉得泽心里一定很难受，可是他也无计可施。所以，他也站在那里哈哈大笑起来。

"哎呀，我要笑死啦，笑得我肚子疼。哎呀呀，我快笑死了。"

"靠，如果你们继续嘲笑我，我立马踢你们几脚。"

"你踢我两脚——我估计你的小短腿踢不到我。"

"哈哈哈！"

"你们几个把泽·坎布塔弄到其他地方去，我现在想安静一会儿。尽管我也想让他踢我几脚解解恨啊。"雅内罗控制不住自己边笑边说。

"霍尔海，你撒尿怎么把整条裤子都弄湿啦。"

"嗨，撒尿不都是这个样子。我刚刚去撒尿不小心把裤子弄湿啦。"

大家看着他身上湿漉漉的裤子大笑起来。

"泽·坎布塔，你到底想怎么处理这件事情啊？"霍尔海生气地说。

"我能怎么处理啊！"

"你是不是想让我们大家把你的裤子扒下来啊？"

"去你的，给我滚远一点。"

"泽·坎布塔，如果你在这里和我们开玩笑，我们就让你尝尝扒裤子的滋味。然后，我们两个人都穿对方的裤子回家，你的裤子可比我的新多了，而且我的裤子上还有特别的味道。"霍尔海擦拭着眼睛里笑得流出的眼泪说。

泽·坎布塔则站在那里十分严肃地看着他们一行人，他慢慢地想离开这里了。

"嘿，你们瞧小伙子泽·坎布塔啊。"霍尔海又笑着说，"你喜欢小矮个泽这个哥们吗？"

"我喜欢他什么啊？"

"你喜欢他的书法吗 —— 给若安尼亚的情书？"

"去他的狗屁书法吧。"

"哈哈哈！"在场的人又都哄堂大笑起来。

西基蒂尼奥说："那个混蛋若安尼亚就是个小蹄子。"

"就是，那个若安尼亚不是一个好女孩。她怎么能这样羞辱我，而且还把我的错别字标注出来，让我每个字抄写十遍。这是对我最大的侮辱。有时候，托尼托写的字还不如我啊。"

"如果我看到你写错别字，一定让你重写二十遍。"霍尔海回答说。

"必须重复写！不过，让他书写二十遍，还是十遍呢？"雅内罗附和着。

"必须让他重复书写二十遍！"

霍尔海又说一次，他的语气十分坚定。

泽·坎布塔无奈地靠着墙，抬起头眨眨眼睛看着天空的白云。

"算了吧！还是让泽·坎布塔书写十遍吧。泽，你看行吗？"

"泽，你把那张有错别字的纸给我们大家看看，这样大家心里就没有疑虑了。我可是不喜欢问题一大堆的人。"霍尔海看着他说。

"你去吃屎吧，这封情书我谁都不给看啊！"

"哈哈哈！"其他人又笑了起来。

"我一会儿让小蹄子尝尝我的厉害，你们大家瞧着吧。"

"哥们，你可千万别那么做。不然，我们大家不会饶了你。"西基蒂尼奥生气地说。

"你如果敢动她一根手指头，我们不会轻饶你。"雅内罗也这么说。

"你们几个想要打我啊？"小矮个泽瞪着眼睛说。

"如果你打了她，我们几个人要好好教训你一下。再说，我们原来已经和霍尔海老哥约定过了。"

"泽，我觉得你是团队里很好的哥们，你最好先冷静一下。我们可不想看见你被打得满地找牙。"托尼托最后说道。

"你如果有能耐的话，咱们两个人单独切磋一下，你敢吗？"泽·坎布塔对托尼托说。

"在这里你谁都打不过，你没有看出我们每个人都比你强壮吗？你还是别逞强啦。"西基蒂尼奥看着泽·坎布塔说——他们俩就像猫和狗一样，只要在一起总是问题频发。

"你们几个人别激怒我……"

"呵呵，我们是想激怒你，估计你现在挨一顿拳头会立马安静下来。如果我们听说你对小姑娘若安尼亚动粗，我们一定不会放过你。"霍尔海在一旁说。

"泽·坎布塔，只要我们听说你对若安尼亚不礼貌，第一个打你的人便是我，不管理由是什么，我先打你两巴掌。"雅内罗生气地说。

"你们不用等我打她了，你们现在马上就可以教训我。"泽·坎布塔自言自语地说。

"你若对若安尼亚动手，大家会把你一顿好打。"托尼托说道。

"哈哈哈！"其他人听了托尼托的话笑了起来。

但是，当他们看见苏萨娜正向他们走过来时，他们几个人都保持着沉默。苏萨娜走到他们身边看着泽·坎布塔说：

"泽，在你自己写的情书中说，爱情让你变得痛苦。可是，你的身体那么胖，不像遭受了极大的痛苦啊？"

"哈哈哈！"同伴们又笑了。

"啊，苏萨娜，你为什么要过来对我说这件事情啊？"泽·坎布塔质问苏萨娜。

"我的好朋友若安尼亚跟我说了这件事。"

"那又怎么样呢？难道你是来这里取笑我的吗？"小矮个泽生气地说。

"我并不是想取笑你，你的事情我是听别人说的。"苏萨娜补充说。

托尼托也急忙帮苏萨娜说："呵呵，没关系！只不过是我们的朋友干了一件蠢事而已。"

泽·坎布塔被在场的人又嘲笑一番，他觉得自己的头发好像快掉光了一样。突然，他觉得自己口干舌燥，好像有一个石子堵住了自己的喉咙。他们人数众多，自己寡不敌众，没有办法和他们几个人硬拼。他只能鼓起勇气和他们中的一个人单独过招——他想用车轮战术打败他们几个人。没想到他们几个人一哄而上把他牢牢地控制住。看来泽·坎布塔想反抗自己的团队是一件不可能的事情；而且，现在的他已经适应了他这些好哥们，他已经没有回头路了。小伙伴们还在嘲笑他错误百出的情书，为什么他不逃跑呢？他从未想过逃跑，因为他从未想过和这些好哥们分开。不过，他终于找到一个改变现状的机会，他笑着对身边的雅内罗说：

"雅内罗，你该准备一下了，这次该你出马啦。"

"我不用准备了，我知道她根本不想和我们当中的任何人谈恋爱。"

"不行，你必须给她写情书！"

"不用写，我觉得已经没有写的必要了。"

"你说什么？现在你是在给我们大家找不痛快啊。"泽生气地说，整个人也变得神经紧绷。他接着说：

"你现在说没有必要写，为什么轮我时你非要逼我写？现在你该把该做的工作做完。"

"什么工作啊？"雅内罗像患上失忆症一样问小矮个泽。

"你自己说还有什么工作？你要对得起自己曾经说过的每一句话。你要给小老师若安尼亚写情书……"泽·坎布塔说。

"哈哈哈！"其他人都笑了。

泽·坎布塔向雅内罗紧走一步想要抱住他；可是，雅内罗一转身躲了过去。泽·坎布塔没有防备一下子扑空摔倒在沙地上。

在场人看见此种情形都笑了起来。

"哎呀，泽·坎布塔！好兄弟，我刚刚不是故意的。你的名字和托尼托爷爷的一样，你也是受尊敬的人。刚刚实在是不小心让你摔了一跤。"雅内罗连忙道歉。

泽·坎布塔嘴唇上沾满沙子，站在那里傻傻地看着大家。

"好哥们泽，你没有受伤吧？"雅内罗笑着问。

"你去吃屎！你们最好不要再嘲笑我，反正，我写情书的日子已经过去了，下面该谁写你们自己看着办吧。"

"哈哈哈！泽，你什么时候把错误的字抄写完二十遍，你写情书的日子才算真正结束。"

"你们谁愿意抄写那该死的错别字谁去抄写，反正我不会听她的话抄写错别字。"泽·坎布塔恼怒地说。

"哈哈哈！"听了他的话，其他人又笑了起来。

十

两天后，雅内罗开始写给若安尼亚的情书。因为一，他知道小姑娘若安尼亚是一个不喜欢甜言蜜语的姑娘；二，她喜欢书写得正规的葡萄牙语，所以他草草写出几句递给了若安尼亚。

去信的第一天，他们几个人聚集在一起猜测回信的内容；第二天，几个人又继续聚集在一起；到了第三天，大家都失去了猜测的兴趣。

一帮人觉得回信的内容无外乎差评。他们劝说雅内罗放弃等待若安尼亚的回信。但是，雅内罗拒绝了他们。他说：

"嗨，不行！你们这样让我放弃太不公平。"

"什么不公平，大家已经猜出结果了。"泽·坎布塔站起来大声说。

"好兄弟们，这样放弃自己的希望不行！我已经把情书交给她了，你们知道我在情书上写下什么话吗？"雅内罗强调说。

199

"哎呀，算啦！我们不知道你写的内容，不过，我们大家已经估算出你的结果。所以，你写了什么已经不重要了。"

"当然重要啊，大家等着她给雅内罗的回信吧。"霍尔海说。

雅内罗说："我把自己想对她说的话，全部都写在我递给她的情书里。"

"你现在说的那些事情已经变得没有任何意义，等着我们大家嘲笑你吧！"在场所有的人说。

"雅内罗，你等着我们排山倒海式的嘲笑吧。可是，你，霍尔海的表弟，到时候你可要忍耐住啊。"

"你们要嘲笑我吗？我已经给若安尼亚写过情书了，在写之前，我已经跟你们说过自己的葡语写得太差劲。"雅内罗苦笑着说。

"从星期一开始，你总是躲着大家走路，也不愿意和我们交流。你说说，在我们当中谁是正儿八经的文盲？"

霍尔海打断同伴的发言说："哎呀，现在我们每个人都写过情书了。小伙子雅内罗有一种坚忍不拔的精神，尽管他知道自己的希望不大，但还是亲自给若安尼亚写了一封情书。所以，他可以作为大家的典范啦。"

"你说他有什么精神啊？"一个小伙伴问霍尔海。

"他有坚忍不拔的精神。"

"霍尔海，你不要在这里偏袒自己的表弟。在这里我们之间不说亲戚关系。你别把他当成你的表弟，要做到公正客观地评论雅内罗。"托尼托在一旁说道。

接着，他们大家又开始写自己的小纸条。

现在，该怎么去评论雅内罗的事情？也许，幸运之神正在偏向他。因为，若安尼亚收到他的情书之后，心里特别高兴。在他们整个团队中，他的情书是她最喜欢的一封。也许，这便是冥冥中注定的缘分，她在默默地等待他的来信。

小伙子托尼托在丽塔小姑娘那里证实了若安尼亚的心意。后来，大家都知道若安尼亚在一张很大的白纸上面写下一个很大的字"好"。

泽·坎布塔看到若安尼亚的回信心里特别生气，霍尔海坐在一旁也没有说话。西基蒂尼奥心里对雅内罗非常佩服。从若安尼亚第一天来学校上学到现在，西基蒂尼奥从未和她说过一句话，而且，他还在写给她的情书中对她进行谩骂；所以才会收到"屁股一样的脸"那样的回话。西基蒂尼奥在收到那封回信的时候，心里还有些许的沉重。霍尔海和泽·坎布塔两个人看到若安尼亚给雅内罗的回信后，心里也有些不高兴。托尼托也不像之前那样大声欢笑了；但是，当他看见霍尔海那张脸的时候，他又开始放声大笑起来。

"托尼托像个傻瓜一样。你在那里笑什么啊？"霍尔海生气地问道。

托尼托笑得更大声了，他的笑声让在座的人心里发毛。他没有解释自己为什么大笑。

"你笑什么啊？给我们大家讲讲啊。"泽·坎布塔不解地问。

"呵呵，我早知道那个小蹄子喜欢雅内罗啦。"托尼托回答说。

"你是怎么知道的啊？你又是什么时候知道的？你为什么不早和我们说？"霍尔海大声地问。

"你别问啦，让他说给我们听。你把自己知道的东西说给我们听。"泽·坎布塔急切地说。

"记得有一次，大家一起在教室里做游戏，后来若安尼亚把她带的一些好吃的东西送给了雅内罗。那天，她说自己身体不舒服，老师特意让她回家休息。她在回家前，把带到学校的东西给了苏萨娜，并且让苏萨娜把东西转交给雅内罗。实际上，是若安尼亚主动给雅内罗好吃的东西的。所以在没有看她给大家的回信之前，我便知道你们肯定会被她拒绝的。"

"真的？谁跟你说的这些内部消息？"

"小姑娘丽塔跟我说的，而且她还让我替她保密，不让我和任何人讲这件事情，就算是雅内罗本人也不能说。"

霍尔海和泽·坎布塔两个人像雕塑一样站在那里一动不动，但心里的疑团终于消除了。他们慢慢回想起苏萨娜曾经和雅内罗的一些对话，而且，若安尼亚给雅内罗的回信上面只写了一个"好"字。

那些天，学校内外关于雅内罗的流言蜚语满天飞，不管走到哪里都能听到关于他的故事；特别是漂亮姑娘给他回信的故事。那天，苏萨娜手里拿着若安尼亚的回信走进教室。可是，她不能在教室里把信直接交给雅内罗；因为那天老师一直在教室工作。老师非常不喜欢男女学生之间传送小纸条。所以，她向雅内罗做了个手势，让他跟着自己出去。

雅内罗走出教室的时候，看见托尼托在疯狂大笑。

"这个哥们在笑什么？"雅内罗问身边的小伙伴。

"一会儿再慢慢和你讲清楚。你先别管他啦。"

雅内罗急忙走到托尼托的身边，想尽快知道他大笑的原因。托尼托却让他稍等一下。

"你赶紧跟我说是怎么回事啊！为什么你一个人在大笑，其他人都默默不语？到底是怎么回事啊？"雅内罗好奇地问。

"哎呀，我的好兄弟，你先让我自己笑完，然后，我再给你讲啊。"

"你不用跟他说，也没有必要跟他说这件事情。"泽·坎布塔表情严肃地说。

托尼托停止了笑声，表情也变得严肃起来。

"为什么不能和他说啊？"托尼托问道。

泽·坎布塔说："没有为什么，你不用跟他说那么多！"

"你不能命令别人该做什么不该做什么啊！"雅内罗打断泽·坎布塔的话，然后，他慢慢靠近托尼托说：

"好哥们，你跟我说说啊。刚才你在笑什么？你快给我说说。你难道会怕那个胆小鬼泽·坎布塔吗？"

托尼托一把推开雅内罗，然后慢慢悠悠地走到泽·坎布塔的身边说：

"泽，你告诉我，为什么我不能告诉他？为什么我不能告诉雅内罗那件事情？你以为你是谁？还在这里冲我发号施令！哪里凉快你哪里待着！"

泽·坎布塔为了避免冲突，没有和托尼托继续争执。

"好啦，你别和泽·坎布塔斗嘴了，赶紧把那件事情和雅内罗讲讲。"霍尔海在一旁说。

过了一会儿，托尼托平静下来，他把自己大笑的原因讲述了一遍。

雅内罗不相信托尼托所说的话，最好的证明是看到若安尼亚所写的回信。事实才能说明一切。

当雅内罗看到回信上面的"好"字时，他高兴得跳了起来，他像精神病院的疯子一样在教室外面奔跑着。

十一

在雅内罗收到若安尼亚给他的那封写着"好"字的回信后，他和若安尼亚就开始频频传递纸条了。他们两个人都书写着自己心中最美丽的语言，包括那些梦幻般的词句。

泽·坎布塔和霍尔海两个人看见眼前的情景心里非常地生气。他们知道幸运之神眷顾着他们的朋友雅内罗。

一天下午，几个人围坐在一起谈论这几天遇到的事情。然后，又谈论着各自喜欢的女孩子——其他的男生也要寻找自己喜欢的女生，不管是同村的还是其他村子的女生。

托尼托喜欢上小姑娘丽塔，丽塔也是他的女同学，长相相当出众，是一个皮肤黑亮的姑娘。泽·坎布塔和那个"邮差"苏萨娜在一起了，她的长相也算出众，只不过她有一个缺点，泽·坎布塔不是很喜欢——她的头发比较稀少。西基蒂尼奥不是很喜欢她们那个类型的女生，他在学习正宗葡萄牙语方面投入很多

204

心血——他怕被他的朋友们耻笑。最后，他和女生泽塔走到了一起。霍尔海则光明正大地和自己的女朋友恩孔吉塔建立了恋爱关系。

他们的生活并没有因此而停顿，日子一天一天地过去，就像墙上挂着的日历一样一天翻过一页。新的时间、新的精神、新的血液在他们的身体里流淌。一天天过去了，很多事情也在慢慢发生改变。雅内罗和若安尼亚经常到邻村举办红白喜事的地方跳舞。

在这个村子里有两个人非常有名气。其中一个人叫保罗里诺，他是若安尼亚的亲哥哥，他拥有一家从不关门歇业的商铺。他每天开门营业接待购买商品的客人。即便如此，每天仍有很多的客人拿着袋子来商店里购买大豆、盐、面粉等食物。一天晚上，村里有人家办事，购物的人们走出店外便会听见震耳欲聋的音乐声。保罗里诺本人不是很喜欢这类音乐，但他也和大家一起跳欢快的基松巴舞。当他看见自己的妹妹和雅内罗之后，便对着自己的妹妹若安尼亚和雅内罗两个人说：

"小伙子，你给我注意点，别和我的妹妹走太近！你看看你的那副招惹麻烦的脸，我可不希望我的妹妹因为你受苦。你看看这么多人在大街上跳舞，你觉得自己和我妹妹在一起有希望吗？"

雅内罗毕恭毕敬地说："是的，保罗里诺先生。"

保罗里诺先生也认识雅内罗的姐姐，也就是村子里那个著名的女裁缝弗兰塞西尼亚。所以，他们两家人可以说是相互了解得很深。因此，以前在保罗里诺面前，雅内罗也经常和若安尼亚开玩笑。

由于保罗里诺先生的服务态度非常好，所以，每天来光顾他商铺的客人非常多，一会儿，他便忙得顾不上雅内罗了。雅内罗和若安尼亚两个人来到了西科老先生家旁边——他家附近有一个漂亮的水塘。

当两个人来到水塘的时候，雅内罗深吸一口气。他鼓起十足的勇气和若安尼亚聊天。若安尼亚像孩子一样坐在那里——她在水池边找了一块干燥的地方坐下去。但是，当雅内罗严肃地向她说出自己的心里话时，小姑娘紧张起来。

"若安尼亚，我们两个人总是像小孩子一样嬉笑打闹，我实在不是很喜欢这样子的我们。"

"为什么？你感觉不好吗？"小姑娘若安尼亚不明白地问。

"我不喜欢现在的我们，你知道托尼托和泽·坎布塔吗？托尼托和丽塔两个人走到了一起，泽·坎布塔和苏萨娜也相约在一起，而且，他们已经开始接吻了。"

若安尼亚听到他的话躲开了，她站在那里没有回答。雅内罗等了几分钟后，期待她能回答自己的问题。但是，若安尼亚却一直没有说话。所以，他又重新鼓起勇气直接面对若安尼亚说：

"若安尼亚，请你给我一个吻！让我晚上睡觉更加甜美！"

可是，若安尼亚却说："不。"然后她说，"明天我才能给你吻。"

"哎，你今天吻我好啦。"

"不行，我明天会教给你很多有用的东西。"

"你今天教我吧，明天我们两个人还要去跳舞。"

"知道。但反正，我想明天再教你。"

"我没有不同意。明天我们不用去跳舞，这样你有更多的时间教我。"

"不行，如果明天没有时间，我们再找其他的时间。"

“明天我们不要去跳舞。”

“明天一定要去，你等我吧。”

“可是，我不想再等啦！现在我在这里，你想让我等到哪一天？上帝知道我能不能活到明天？我一分钟也不愿意再等了。”

聪明的若安尼亚像一只小兔子般被雅内罗挤到一个死胡同里。然后，雅内罗把小姑娘挤到西科老先生房屋的墙边。他低声吹着口哨，等待着小姑娘做出自己的决定。胡同口时不时有一些路人经过。

若安尼亚并不想这样离开，因为在这个时候离开意味着她和小伙子雅内罗的恋爱将终结。她脑中想出一个妙计，她说：

“现在你在这里待着，我给你讲一个关于我表姐和她男朋友在葡萄牙的事情。那个时候我正好在葡萄牙度假。”

“现在你别在这里转移话题。你说，到底要不要亲我？”

“我会亲你，不过不是现在。我说过明天再亲你，你怎么能不相信我？”她在斟酌自己该说些什么，“等我给你讲完我表姐的故事。你看看，总是有很多人从这里经过啊。”

随后，她把自己表姐的故事向雅内罗完整地讲述一遍。若安尼亚的表姐年满十八周岁，已经是一个成人了。若安尼亚好像讲错了故事，因为雅内罗听完表姐的故事后，感到自己浑身发热。雅内罗露出他小混混的本性，想到自己姐姐坎迪尼娅和她男朋友之间的男女之事，雅内罗全身泛红，额头上渗出汗水。若安尼亚看见此时的雅内罗心里特别害怕。雅内罗慢慢地靠近她，并试图通过暴力占有小姑娘。小姑娘拔腿便跑，可是慢了一步，于是她被雅内罗死死地按在地上，接着，他用胳膊抱住了若安尼亚。小姑娘痛苦地说：“不行，不能这个样子，我不喜欢这样的你。

这不是我要的……"接着，她大声喊叫起来，"雅内罗，不行啊，这样不行……你这样子会把我们的幸福断送掉，你做出这样子事情也对不起你的姐姐坎迪尼娅大姐。雅内罗，我求你千万别这样，我现在已经没有力气在这里喊了。你难道想看见我流泪吗？我的命为什么这么苦。我的心里害怕你。你不要这样……现在我给你一个吻，你想的吻我现在给你。雅内罗，请你住手……你放开我……"

此时，雅内罗的身体充满力量，若安尼亚则鼓起十足的勇气反抗自己的男朋友。若安尼亚是一个非常聪明的小姑娘，但是那天她使出浑身的力气也没能逃离那条胡同——那条由自己男朋友雅内罗把守的胡同。

如果不是西科老先生的出现，两个人可能会在那里停留更长时间。小姑娘已经没有力气再挣扎了，所以她躺在地上大声地哭泣着。

西科老先生一直待在自己的小房子里，他的身体一直不是很好。他的听力也不是很好，他是一位半聋老人。他站在自己的屋内隐约听见屋外有哭泣的声音，还有二人争斗时发出的声音。他以为是巫师在自己家附近作法。所以，他站在屋里大声咒骂屋外发生的一切。接着，他点燃一根新蜡烛，坐在桌子前面开始对神灵祈祷，随后又开始吟唱天主教的歌曲。这类歌曲在他的心里比国歌还要重要。他生气的时候会向基督耶稣祷告，诉说屋外发生的事情。生气的西科老头随后大声咒骂：

"你们这些混蛋！立即离开我的地盘！难道你们以为我还会继续忍受你们的欺负？！这些混蛋巫师，我再不会害怕你们。日日夜夜我都在上帝面前祈祷自己万事安康。你们这些巫师的咒语在我家没有用！……自从我来到这里我的意志很坚强，你们却一直想破坏我的生活。可是你们看看，我和邻居的关系是多么的和睦。我现在诚恳做事用心做人，你们这些魔鬼为什么还要在我家屋后施展魔法？你们这些魔鬼到底做什么？难道，是我偷别人的东西了吗？你们这些魔鬼可以用白天出现来证明是我犯了错。你听见了吗？不要在我的房子后面搞鬼。如果你们想折磨我，我就让会让人抓住你们这帮魔鬼的尾巴。你们这些魔鬼，快离开我的地盘！……"

尽管他大声地在屋里做祷告，可屋后的声音一直存在。后来，他从桌子旁边拿起自己常用的拐杖打开房门，接着他像贼一样蹑手蹑脚地走着，他想出其不意地出现在那些巫师面前。

不过，雅内罗和若安尼亚的运气好，因为在西科老先生往屋后走的时候，不小心踢到一个空易拉罐。当雅内罗听见罐子发出"叮咚"的声音时，他立即从小姑娘的身上跳了起来，仿佛被一根针扎了一样，跳起来的速度非常快。若安尼亚看见雅内罗跳起来，顺势也在一秒钟的时间内站了起来，两个人迅速地从这个胡同里消失了。

西科老先生站在那里埋怨自己的脚踢到了空罐子。接着，他走到刚刚发出抽泣声的地方，可是，却没有发现任何的东西。

十二

　　小伙子们的生活总是幸福的，虽然从另一个方面来说他们也有自己的悲哀。由于年少，雅内罗没有办法和家里人讲述他对小姑娘若安尼亚的爱情。那个时候，如果两个爱恋中的年轻人敢越雷池半步，便会遭到家里人的棍棒伺候，当然，也会被家人用界尺重重地抽打手掌。如果，你有一个像"流氓"一样的叔叔，还会被他拳打脚踢，他会像电影里面的古惑仔一样恶狠狠地教训自己的侄子。在你们年少的时候，自己的爸妈有被老师叫到学校狠狠批评吗？

　　好好想想在你们的记忆中有没有听说过某某人总是把自己的老婆留在家里，对她不闻不问？如果有这样的男人，他便是一个十足的混蛋、懒人的典范！总有那个时候，这些不负责的男人被村子里的人们捆在大树上，一天到晚不给他吃喝，让他饱尝饥饿的滋味，让这些懒惰的男人懂得什么是责任感，而不是任凭一时的激情泛滥。到那时，把他们的母亲也叫到他被捆的现场，让她们看看自己儿子不负责任的丑态，也让不负责任的男人懂得什么是羞耻心。

所以说，如果我们的女主人公若安尼亚接受了雅内罗，明天她的身份可能就会变成保罗里诺的妹妹，那么以后她的日子该怎么样去面对？她又怎么能展开新的生活啊？

爱情就是这样的东西，在你等待它的时候它会变得越来越伟大。并且，面对一份伟大的爱情应该先想到付出。很多人脑中有自己的看法和意见，可是，他们却不知道该怎么对待自己伟大的爱情。

总有人不喜欢那种短暂的山盟海誓，而是一直在追求一种天长地久的爱恋，追求一份永恒的爱情，一份不可被摧毁的爱情，一份没有结束的爱情，一份自己心中的爱情。

十三

　　那天，雅内罗和小姑娘若安尼亚所说的话都是真的。他希望和她展开一段真实的爱情，两个人期望一种天长地久的爱情，而不是昙花一现式的情感。他们为了对方可以付出自己的全部。即便有一天他们的爱情终结，他们也不会因为这段爱情的终结而感到遗憾，相反，两个人会因为共同拥有过这份感情而感到幸福和自豪。他们也会对其他人说："我们两个人不会辜负对方的爱情，也永远不会喜新厌旧。"雅内罗爱着小姑娘，这将持续到他闭上双眼的那一天。若安尼亚也在自己的心中深爱着对方。即便是家人的阻拦也难以阻隔两个人之间轰轰烈烈的爱情。不管是雅内罗家人阻挠，还是若安尼亚家人的劝阻都不会让他们选择退缩。小姑娘的哥哥保罗里诺先生并不是一个坏人，相反，他是个非常通情达理的人。在这个村子里有很多像他一样的大好人，比如坎迪多先生、卡尔多索老头、阿尔曼多先生，以及在圣·

保罗市医院工作的护士阿尔梅里科·博阿维斯塔先生。他们几个人都是村子里有名的大好人。可是，在一九六一年那个兵荒马乱的年代，他们都遭受过很大的痛苦。那时，他们帮助过村子里很多需要帮助的人，据说阿尔曼多先生和坎迪多先生一直从事着保卫村民的地下工作。

卡尔多索老先生在一九六一年（该时期发生了屠杀白人和黑人的混血孩子的惨绝人寰的事件）英勇地保护了很多被人陷害的孩子。我国著名的作家、诗人若弗雷·罗萨在他的众多文学作品中详细地描述过关于兰热村发生的惨案。那些惨不忍睹的画面和事件，直接把很多著名民族人士从梦幻中抛到现实中，很多人被杀害，比如内维斯·本蒂尼亚、桑塔纳、卡帕卡萨、坎迪多。卡尔多索老先生也讲述过曾经发生的事情。老先生讲述那时白人是怎么屠杀和凌辱当地黑人的，他毅然决然地参与到革命中，在那场战斗中他失去一条胳膊。当时的战争场面可以用血流成河形容，但是白人的屠杀并没有阻挡住黑人独立的愿望，很多很多的黑人聚集在兰热村的大路上进行示威抗议，远远望去，像一团团黑色的蚂蚁。混乱局势下的孩子们十分镇定，他们纷纷躲藏起来。一些白人孩子只能选择逃走，他们和家人带上所有的金银细软，带上防身武器离开了。

卡尔多索老先生记得当时有很多人被逮捕，白人在到处抓捕黑人，黑人也在报复白人。双方的战争的大幕慢慢拉开。老先生记得大家被押到一个大型的卡车上，他眼睁睁看着自己同胞的鲜血从伤口中像喷泉一样涌出来。

卡尔多索老先生总是在我们的面前讲述发生在兰热村的大屠杀事件。但是，每当我问到在大卡车上的细节时，他却不愿意直接回答我的问题，他只是简单地对我说："小伙子，你应该像我一样！像我一样拥有自己的信仰，而且是高度的信仰。"

卡尔多索老先生从来没有跟我讲过他自己的秘密，因为，这些事情在我们的土地上被称为"障眼法"。

关于保罗里诺先生我不是很了解，只听说他是一个贫穷的混血人。从他很小的时候起，他就像其他黑人一样饱受饥饿的折磨。很多黑人慢慢地教会他去仇视白人，因为，他们只知道生他而不去养育他。他在村子里摸爬滚打，艰难生活。现在，他拥有一家属于自己的小商店，这家商店为整个村子的百姓服务。有时，还有其他村的村民前来购买日用品，很多人都喜欢他的人品。

但是，市议会的工作人员总是隔三差五来检查一次。经济警察也时不时找些问题和毛病对他的商店进行罚款，所以，他的商店也是在艰难地维持着。

保罗里诺是一个聪明人，他做什么事情都直来直去，从来不遮遮掩掩；而且他经常听从卡尔多索老先生的建议，这才让市议会和警察们的检查人员无计可施。

现在，我不知道他们的情况到底怎么样了。因为，几乎所有的民众几乎都处在"混乱"之中，这个"混乱"是我们伟大的民族在争取国家独立。白色皮肤的人们遭到了残忍的对待，当地人拿起手中的锄头和砍刀反对殖民主对他们的压迫和剥削，以致很多混血白人被当地人用砍刀杀死，或者被众人残忍地殴打至死。我不知道那时究竟死了多少人，又有多少人能逃过死神的魔掌。不过，听说保罗里诺躲过了那场灾难，村子里的人们不愿意亲手去杀死一个品行高尚的混血人。虽然，他的肤色和身边的朋友不同，可是，大家都有一颗炽热的心。当时，第一个站出来阻止大家杀死保罗里诺的人便是卡尔多索老先生，接着是坎迪多先生和阿尔曼多先生——三个人一直在这个村子里保护着所有的村民。村民们也一直把保罗里诺当成自己的孩子。保罗里诺的命运十分坎坷，在他年幼的时候父亲返回了葡萄牙，母亲去世以后他们兄妹三人成了孤儿。他作为两个妹妹的哥哥，每天起早贪黑地打小工；有的时候他还到路边捡拾空罐，用这些空罐制作成煤油灯去卖；有时候他还会抓一些鸟到城里去卖。辛辛苦苦地工作，只为兄妹三人填饱肚子。慢慢地，他鼓起勇气在黑羚羊村里开设了第一家水站。生活是艰苦的，男人的生活也很艰苦。

尊敬的读者朋友，你们可以相信我讲的故事，事实上，人们每挣一分钱都是那么的困难，而且花费极其漫长的时间。

很多人看到别人拥有好吃的饭菜、好喝的酒水，拥有自己的商店和裁缝店，有自己的办公室，他们或者会说其他人拥有一切。可是你们要知道，他们所拥有的一切并不是从天上掉下来的，而是通过他们自己的努力工作一分一分积攒下来的。

即便是游走在战场上的士兵们也是一样。他们每天生活在炮火满天飞的环境里，每天面对着失去生命的威胁。可是，他们却没有好吃的，也没有好喝的。他们必须每天面对那些想要自己性命的敌人。我们仿佛听到他们在战场上的厮杀声："啊啊啊！"这些士兵们面对不同的人群能说出不同的话语。他们并不是撒谎者，并不是这样，我尊敬的读者们。事实上，他们为追求自己的人生目标不惜牺牲自己宝贵的生命。现实世界一直存在洪灾、旱灾、饥饿等。我们虽然向后退了几步，但是我们并没有放弃自己的目标。我们将直面殖民主，与他们面对面谈判。我们正在慢慢学习，我们正在慢慢地重建自己美好的国家。

十四

在一九六八年，保罗里诺的父亲曾经给他寄过一封书信，在信中他请求保罗里诺让他的两个妹妹返回葡萄牙居住或者他们三个人都回到葡萄牙。因为在那段时间，白人和黑人激战正酣。可是，性格倔强的保罗里诺拒绝了父亲的请求。

保罗里诺先生并没有给他的父亲回信，因为他相信苦难已经过去，而且，现在他的两个妹妹年纪已经大了。保罗里诺的二妹妹叫安娜·玛丽亚，年方十八岁，现正在城里的高中读书。若安尼亚是他最小的妹妹，正在上小学，很快她也能到城里学习了。后来发生黑人反抗白人的革命运动时，他不知道自己和家人是要安哥拉国籍还是葡萄牙国籍。他不知道该怎么申请，也不知道自己为什么会这么想。

保罗里诺将手中拿着的信纸装进信封，在这信纸上写着他给父亲的回话："不行。"

"我不会同意她们任何人去葡萄牙。她们都是我亲自照顾大的。如果战争爆发，即便是死，我们三个人也要死在一起。"

保罗里诺的妻子是一个非常小心眼的女人，而且为人也并不和善。她害怕自己的两个小姑子日后会争夺丈夫的商店，于是她对保罗里诺说：

"不要这样，我觉得两个妹妹应该回到葡萄牙，特别是我们的小妹妹若安尼亚，她应该返回葡萄牙。她的学习状况近来一直不好。再说，现在本地即将爆发黑人反抗白人的运动，你父亲在信中已经说得明明白白。这些黑人鲁莽起来什么事情都做得出来……"

"你在说什么粗鲁的黑人啊，你到底在说什么？你看看你自己什么肤色啊？"

"我也是一个黑皮肤的女人，可是……"

"可是，你比其他女人都要黑！你是个无知的女人，对不对？"

"我是无知的女人？算了，我不想和你讨论这个话题。我只是觉得你应该学会原谅你的父亲。事情已经过去很长时间了，让那些不愉快的事情随风飘走吧。现在，他已经在信中向你道歉了，你还想让他怎么办？"

十五

　　若安尼亚的心中一直存在着一份爱情，那便是她一直爱着雅内罗。两个人的爱情之花已经在西科老先生家房后和其他的地方开放了。事实上，丽塔根本没有给托尼托那个吻，而苏萨娜也没有给泽·坎布塔那个爱，恩孔吉塔也同样没有给霍尔海那一份向往已久的感动，泽塔也没有给西基蒂尼奥那份香吻。

　　后来的日子里，若安尼亚教会了雅内罗怎样接吻，而且教会了他以葡萄牙人的方式相互拥抱。

　　但是从那天晚上得到若安尼亚要离开安哥拉返回葡萄牙的消息后，小伙子雅内罗像丢了魂一样。他不知道在这个世界上还有什么值得他去留恋。在她没有返回葡萄牙之前，他每天都乘坐公交车或者是徒步来到若安尼亚的家门口远远看着她。

　　雅内罗为了给若安尼亚留一份纪念，给她带来一条项链，并亲自为她戴在脖子上。这是一条非常漂亮的，有着不同颜色的项链，是雅内罗走遍全城找到的一个有独特意义的项链。因为，他看到这条项链的时候，它是放在教堂的圣杯里的。所以，这也是经过上帝洗礼的圣物。

后来，两个人相拥而泣，那场景和所有恋人离别时的场景一样。两个人的眼睛里流出滚烫的泪水，慢慢地，泪水掉到了地上。他们的泪水浸湿了篱笆墙下的大地。

两个人感受到对方的心在饱受痛苦的折磨，只有他们敞开心扉才能减轻对方所受的痛苦。两个人静静地看着对方的眼睛没说一句话。时间就这样一分一秒过去了。风儿轻轻吹打着院墙，过往的人们在大马路上来来往往。一些人站在胡同口，一些人站在房子附近高声畅谈属于他们的话题。雅内罗和若安尼亚两个人却一直拥抱在一起，相互倾听着对方的心跳声。从六点半到七点，从七点到七点半，从七点半到八点，直到保罗里诺先生前来带着若安尼亚离开。雅内罗一股脑把自己心里想说的离别之语说了出来。他一口气把自己心里的话说了出来，可怜的雅内罗！

若安尼亚的家人狠狠地把她的手和雅内罗的手分开。松开自己的男朋友之后，若安尼亚跑了出去，留下了独自伤心的小伙子雅内罗。

十六

很长一段时间，雅内罗都生活在痛苦的思念中。他的脑中一直思念着自己深爱的好姑娘，特别是他看见玛尔塔女士的时候——玛尔塔是保罗里诺的妻子。他想上前抓住她，然后再狠狠地抽打这个臭娘们。因为，在若安尼亚离开之前，她把事情的前后缘由都告诉了雅内罗。不过，这个女人的运气好，因为，现在的雅内罗还是一个小毛孩没有办法和她抗衡。

只是从此，他再也不和那个名叫玛尔塔的女人打招呼。他用沉默的方式来报复那个棒打鸳鸯的女人。当他从玛尔塔家的商店门口路过，或者到商店里买东西时，他只是低头买货物，不再和女店主打招呼。女店主站在那里等他说一声"上午好""下午好"或者是"晚上好"一类的话，可是他却总是沉默不语。他用自己的方式进商店、付钱、拿货、走人。很长一段时间他没有和玛尔塔说一句话。直到有一次，玛尔塔心中纳闷，把他叫了过去。她问他为什么日常见面不向长辈打招呼问好。她说小伙子雅内罗也算是村子里学习比较好的孩子，为什么总是见到她爱答不理的，难道不知道这样的行为是不礼貌的吗？雅内罗终于等到反击玛尔塔的机会了，他深吸一口气鼓起勇气一口气把埋在自己心里的怨言说了出来。他大声对玛尔塔说：

"我不向你问好是因为若安尼亚的事情，你为什么让她去葡萄牙生活？"

玛尔塔女士听到雅内罗的回答时，像炸开的面包果一样疯狂大笑起来。

"难道，因为这个原因你不向我问好吗？"玛尔塔笑着说。

"是！就是因为这件事！"雅内罗坚定地回答。

玛尔塔又呵呵大笑起来，接着她对雅内罗说：

"好啦，我的好妹夫。以后，你再见面一定要向我问好，因为我的小姑子她是去葡萄牙度假去啦。我顺便问一下，你的姐姐把给我们的聘礼准备好了吗？现在你可是没有工作啊！"

"你们不用管，你们只管把她送回来。"

玛尔塔女士笑了起来，并大声说：

"好，我现在让人通知她回来！但是，从今往后你见我时必须向我问好，你听到了吗？如果你按照我的话去做，我就不让若安尼亚再回葡萄牙。到那时，你可以到这里和她聊天。难道你忘记当初你们是怎么谈情说爱吗？如果你跟我讲讲你们的故事，我就不让她再去葡萄牙了。"

雅内罗听了她的回答心里十分生气，所以当她要求以后见面必须向她问好的时候，雅内罗回答说：

"等她从葡萄牙回来，我再向你问好。"

"啊，那不行。如果我让她回来，你却不遵守诺言怎么办？

到时候，我就不让我的小姑子和你说话！"

"你是说不让若安尼亚和我说话吗？她为什么不和我说话啊？如果是那样，她便不再是我的若安尼亚了。"

"哈哈哈！你这个傻孩子。你敢跟我打赌吗？我敢说等她回来，她一定不会和你讲话。"

雅内罗信心满满地说：

"我相信自己！你如果输了，赔偿多少钱啊？"

"啊，你想跟我赌什么？"玛尔塔和男孩子开玩笑地说。

"这样吧，我们两个人如果谁输掉了，谁就必须付一笔钱给对方。"

"好，谁输掉谁便付钱。我同意你的提议！"她和雅内罗两个人"拉钩上吊，一百年不许变"。

但是，当雅内罗和玛尔塔打赌的时候，突然发现自己女朋友的哥哥保罗里诺先生一直坐在商店的门后。仿佛，他把两个人的对话从头至尾全部听到了。小伙子立即缩回自己和玛尔塔拉钩的手指头。他的双腿像不听使唤一样慢慢走到商店的墙边，接着，他转过身轻轻地离开了商店。玛尔塔试图去阻止他离开，但是却没能拦住。

小伙子跑出商店后大声喊着：

"一会儿再说，我们一会儿再说！我刚刚说的一切都是自己的真心话。"说着，他消失在保罗里诺夫妇的视野中。他们夫妇二人看着对方笑了起来。

写于一九八〇年

雅辛多·德·莱莫斯